Drachenliebe

Umschlagsfoto:

„Drache auf Felsen"

Erwin de Buhr (2019)

Drachenliebe

Eine fantastische Geschichte

von Marion Scheer

(2019)

Impressum:

Bibliografische Information der Deutschen Nationalbibliothek: Die Deutsche Nationalbibliothek verzeich-
net diese Publikation in der Deutschen Nationalbibli-
ografie; detaillierte bibliografische Daten sind im
Internet über dnb.dnb.de abrufbar.

Herstellung und Verlag:
BoD – Books on Demand, Norderstedt

ISBN: 9 783749 483921

Zur Autorin

Marion Scheer wurde 1952 in Düsseldorf geboren. Im Anschluss an eine Banklehre und einige Jahre als Sachbearbeiterin bei einer Düsseldorfer Großbank, studierte sie Mathematik, Geografie und Geschichte auf Lehramt. Sie lebt und arbeitet seit fast vierzig Jahren an der ostfriesischen Nordseeküste und ist mehrfache Mutter und Oma. Solange sie schreiben kann, betreibt sie in ihrer Freizeit die Schriftstellerei. Dabei verarbeitet sie vorwiegend tatsächliche Begebenheiten und Erlebnisse zu Fantasiegeschichten. Leider verhinderten mehrere schwere Schicksalsschläge, dass ihre Romane und Fantasiegeschichten schon früher veröffentlicht wurden.

Heute lebt die Schriftstellerin mit ihrem jetzigen Ehemann zurückgezogen in der Nähe von Emden.

Kontakt: mascheer@gmx.net

1.

„Klara, Klara wach auf! Wir sind am Ziel."

Der süße Traum hielt mich so warm umfangen, dass ich mich weigerte, sofort die Augen zu öffnen. Irgendwie fühlte ich mich auch keineswegs angesprochen. Nur widerwillig wollte die Erinnerung an diesen Namen in mir aufkeimen, der wohl mein eigener sein mochte, ob ich das akzeptierte oder nicht.

Dabei war der Ruf nicht fordernd, nein keineswegs. Es war viel mehr ein zarter Hauch, als ein auffordernder Weckruf. Die liebliche feine Brise streichelte so sanft meine gereifte Haut, dass sich sogleich voller Wonne alle kleinen Härchen aufrichteten. Dann war wieder diese Musik in meinem Kopf, dieser Singsang aus sehnsuchtsvollen Tönen und Worten, die eigentlich keine Silben hatten, sondern aus zarten Bildern bestanden, welche mühelos ohne Umwege, in meinen Geist einströmten.

Zum wiederholten Male erstaunte mich diese ätherische Art der Kommunikation. Würde sich eine betagte Frau, wie ich, jemals daran gewöhnen können?

Dann, ganz unvermittelt, war alles wieder da! Eine unbändige Neugierde überschwemmte mich mit solcher Gewalt, dass ich ruckartig beide Augen aufriss und voll Erstaunen um mich blickte. Beinahe wäre ich in einer unüberlegten Bewegung von Funkels Rücken gerutscht und zwei Meter tiefer im hohen Gras gelandet.

„Vorsichtig, Klara! Ich lege mich erst nieder, dann kannst du absteigen", hauchte der schillernde Drache in mein Hirn.

Ja, jetzt war ich hellwach.

Dies war also seine Heimat. Ein grünes Land von offensichtlicher Fruchtbarkeit. Über uns wölbte sich ein unwirklich türkisblauer Himmel mit zwei Sonnen, die wie durch einen geschwungenen Drachenschweif miteinander verbunden wirkten. Die strahlende Kraft dieser Zwillingssterne ließ es allerdings nicht wirklich zu, dass meine ungeschützten Augen sie exakt betrachteten. Schon nach diesem flüchtigen Blick rannen mir Tränen über die Wangen.

Mein in sämtlichen Grünschattierungen schimmerndes Reittier senkte sich sanft ins weiche

Gras und blieb reglos liegen, um mir den Abstieg zu erleichtern. Es gelang mir, nach all der Übung in den letzten Wochen, einigermaßen graziös auf dem festen Untergrund zu landen. Dies war mir umso wichtiger, weil wir diesmal nicht allein waren. In etwa fünfzig Drachenlängen Entfernung weideten einige von Funkels Artgenossen am Rande eines idyllischen mit riesenhaften Bäumen bestandenen Haines.

Die prächtigen Tiere hoben jetzt erstaunt die Köpfe und schauten in unsere Richtung. Ich ahnte, dass sich ihre samtigen Nüstern blähten und erregt die Luft einsaugten, so wie ich es bei meinem Drachenfreund schon oft beobachtet hatte. Dann durchströmten mich eine ungeduldige Erwartung und eine Erregung, wie ich sie eigentlich erst kannte, seit Funkel so ungestüm in mein Leben gerauscht war.

„Wollen wir sie begrüßen?", fragte ich mit lauter Stimme. Funkel zuckte leicht zusammen. Der aufdringliche Klang meiner Worte hallte in einem sich mehrfach brechenden Echo durch die klare Luft, bis ich nur noch verstümmelte Brocken davon wahrnahm, tausend Splitter eines zarten Glases, das auf einem harten Boden zerschellt war.

Die weidenden Drachen peitschten daraufhin das unschuldige Gras erregt mit ihren schuppigen Schwänzen. Ein sirrendes Geräusch wie von unzähligen mähenden Sensen drang in derselben unerträglichen Art bis zu uns.

Funkel erhob sich ruckartig und reckte sich auf volle Größe. Ich hatte das Gefühl, er wollte Eindruck schinden mit seiner wirklich beachtlichen Statur und blendenden Schönheit. Seit ich ihn regelmäßig bürstete, war er noch glänzender geworden. Die Strahlen der beiden Sonnen brachen sich unwiderstehlich auf seinem wie tausend Edelsteine glitzernden Schuppenkleid, als er jetzt majestätisch an meiner Seite auf seine Artgenossen zu schritt.

Er machte bewusst kleine elegante Bewegungen, damit ich nicht neben ihm in einen unangenehmen Laufschritt fallen musste. Dennoch hätte diese leichte Anstrengung in der ungewohnten Atmosphäre mir vor nicht allzu langer Zeit beachtliche Probleme bereitet, das war mir vollkommen bewusst. Ein alternder Körper fordert nun mal seinen Tribut.

Vor Jahren hatte ich die Hoffnung aufgegeben, den merklich fortschreitenden Verfall irgendwie aufhalten zu können.

Vielleicht, wenn meine leider magere Rente es erlaubt hätte, wären kostspielige kosmetische Behandlungen oder verjüngende Operationen möglich gewesen. Aber ich hatte einige der Reichen und Schönen, nach vergleichbaren Eingriffen, mit den Bildern aus ihrer Vergangenheit verglichen und mich danach wieder desillusioniert meinem natürlichen Alterungsprozess überlassen.

Bis – ja, bis? Das erzähle ich später, sonst schweife ich ab.

Wir näherten uns also der farbenprächtigen Drachengruppe, die sich inzwischen so ausgerichtet hatte, dass fast alle Tiere ihre Köpfe in unsere Richtung streckten, um uns aus ihren lauernden gelbschwarzen Reptilienaugen kritisch zu beobachten.

Es dauerte für meine Begriffe unendlich lange, bis wir Funkels Familie endlich erreichten. Jetzt konnte ich die einzelnen verschieden großen Tiere genau in Augenschein nehmen. Jedes war ein absolutes Individuum. Keine Färbung des Schuppenkleides glich der anderen. Zwar hielten sich die Farben alle im Spektrum zwischen Gelb und Blau, aber ich war höchst erstaunt, welche malerischen Möglichkeiten sich darin boten.

Daneben war die Größe wohl abhängig vom Alter und Geschlecht der Drachen. Die ausgewachsenen Männchen waren so riesig wie mein Funkel, einige Jungtiere noch ziemlich klein und niedlich.

Ich hätte jedoch, ohne den Schutz meines Freundes, keinen Pfifferling für mein Leben gegeben, auch wenn ich nur so einem frischgeschlüpften Reptil begegnet wäre.

Funkel hatte mir genau erklärt, dass Drachen Allesfresser seien. Auf ihrem Heimatplaneten lebten sie meist vegetarisch, weil es ein großes nahrhaftes Angebot an Pflanzen gab.

Ich konnte nun auch die wundervollen Bäume mit ihren mächtigen Stämmen und den seltsam fedrigen Blättern bewundern. Einer der großen Drachen reckte sich, ungeachtet unseres Überraschungsbesuches, diesen Leckerbissen entgegen. Er hatte sein gefährlich wirkendes Raubtiergebiss in einen starken Ast geschlagen und rüttelte nun an dem Baum, um einige kürbisgroße rote Früchte abzuschütteln.

Die zarten riesigen Blätter wirbelten wie überdimensionale Fächer zu Boden. Drei Jungdrachen hüpften ungeduldig um ihn herum und schlugen sich dabei spielerisch mit ihren gezackten Schwänzen.

Als eine der reifen Früchte, mit einem überlauten dröhnenden Plumps, im Gras landete, stürzten sie sich alle gleichzeitig darauf. Mich wunderte, dass außer einem gelegentlichen Schnauben, dabei absolute Stille herrschte.

„Schau, Klara, meine vier Schwestern!" Funkel vollführte eine Art Verbeugung in Richtung von vier hübschen schlanken mittelgroßen Drachen, die erst ihn und dann mich durchdringend betrachteten. Zwischendurch bewegten sie die Köpfe in sanften Schwingungen aufeinander zu, scheinbar, um sich gegenseitig tief in die Augen zu blicken.

Ich hielt den Mund, weil ich nun wusste, dass meine laut ausgesprochenen Worte sie nur unnötig aufregen würden. Die Atmosphäre dieses Planeten ließ jedes laute Geräusch als donnerndes Echo durch die Luft schleudern. Dann wagte ich eine zaghafte Verbeugung. Ich konnte nicht behaupten, dass ich mich sonderlich wohl fühlte zwischen diesen riesenhaften Ungeheuern.

Nun würde sich zeigen, ob mein Vertrauen in Funkel tragfähig und überhaupt berechtigt war. Vielleicht wollte er sich ja bei seiner Verwandtschaft einschmeicheln, indem er einen fleischigen Leckerbissen von einem anderen Stern vorbeibrachte?

Ich hatte, seit ich dem Drachen begegnet war, wieder einen guten Appetit entwickelt und einige Kilos zugelegt. Auch wenn mein altes Fleisch vielleicht zäh war, würde ich für einen kleinen Drachensnak sicher noch ausgezeichnet herhalten.

Dann hörte ich sie in meinem Kopf, wie sie miteinander kommunizierten. Die Bildersprache zeigte mir ihre Erinnerungen. Sie dachten zurück an die gemeinsame Kindheit. Es waren fröhliche unbeschwerte Bilder voller wundersamer Pflanzen und seltsamer kleiner Tiere, die äußerst flink der Nachstellung durch die Jungdrachen entgingen. Die Drachenfamilie hatte einen liebevollen Zusammenhalt. Die alten Tiere wurden geachtet und respektiert. Sie waren besonders klug und gaben überall den Ton an.

Während die Drachen gedanklich in ihren Erinnerungen schwelgten, sah ich ihre Augen freudig glänzen. Ich fühlte, dass Funkel glücklich war, seine Familie wiederzusehen. Hin und wieder schnaubte er mutwillig oder rieb seinen muskulösen Hals zärtlich an dem einer seiner Schwestern.

Aufmerksam konzentrierte ich mich auf die Bilder, die mir zuströmten, um nichts zu verpassen. Auch alle anderen Mitglieder des Rudels waren inzwischen still geworden und hatten ihre Nahrungsaufnahme unterbrochen. Sie schienen sehr interessiert einer unhörbaren Melodie zu lauschen.

Plötzlich legte sich eine dunkle Wolke über den Gedankenaustausch. Ich fühlte tiefe unaussprechliche Trauer. Die Drachenaugen blickten nun trübe. Die Tiere ließen die stolzen Köpfe mit den gezackten Hornkronen sinken. Ich sah die Bilder vom Tod der Eltern. Die Geschwister waren von ihren Erzeugern für immer verlassen worden. Die Weisheit und Güte der Altvorderen waren auf ewig von der Familie gegangen.

Die überwiegend gelb getönte Drachenfrau bewegte sich als erste aus der traurigen Erstarrung. Sie verpasste zuerst Funkel und dann ihren drei Schwestern je einen übermütigen Nasenstüber. Daraufhin wurde die ganze Gruppe wieder munter.

Fröhliche bunte Bilder flogen von allen Seiten auf mich zu, als redeten sie plötzlich völlig durcheinander. Ich hatte wirklich Mühe eine Einordnung der Informationen vorzunehmen. Mir kam der

Gedanke, dass es sich jetzt um eine Art Familien-
klatsch und –tratsch handelte.

Ich musste wohl etwas hilflos dagestanden haben, denn Funkel stupste mich kurz an, um meine Aufmerksamkeit zu erregen. Als ich erstaunt
in seine Augen blickte, blinzelte er mir aufmun-
ternd zu.

„Klara, das ist meine Familie! Sie freuen sich,
dass ich sie besuche und wollen alles von mir
wissen. Verstehst du, was sie sagen?"

Ich blinzelte zurück und nickte zustimmend, immer darauf bedacht, keinen Ton von mir zu geben, was mir wirklich schwerfiel, weil ich eigentlich als nicht mundfaul gelte.

„Bruder, du kommunizierst mit ihr in unserer
Sprache?" Die türkis schimmernde Schwester
wippte aufgeregt mit ihrem langen schlanken
Hals und scharrte mit dem rechten Vorderfuß,
dass das unschuldige Gras nur so durch die Gegend flog. Sofort taten die drei übrigen es ihr
gleich. Einige der anderen Drachen, die sich wieder dem Fressen hingegeben hatten, hoben
aufmerksam ihre Köpfe und sogen die Luft durch
die aufgeblähten Nüstern.

Funkels zartes Schnauben schien sie jedoch augenblicklich zu beruhigen.

„Das ist Klara. Sie ist meine menschliche Gefährtin. Unsere Wege haben sich gekreuzt, und wir haben Gefallen aneinander gefunden."

Das war es, was in meinem Kopf ankam, natürlich ist es hier in schlichte Worte übersetzt. Doch ich konnte nicht verhindern, dass ein wundervoll warmes Gefühl in mir aufwallte. Es strömte von meinem Herzen aus bis in die entlegenste Körperregion und erfüllte mich mit wohliger Freude und Erregung.

Die stahlblaue Schwester mit einem giftgrünen Zackenkamm blickte mich durchdringend an. Ihr angsteinflößender Drachenkopf näherte sich mir bis auf wenige Zentimeter. Ich konnte den Geruch des frischen zermahlenen Grases wahrnehmen, das sie zu sich genommen hatte. Sie schnüffelte und ließ ihre gespaltene blutrote Zunge leicht und äußerst flink durch die Zähne schießen.

Ich bemühte mich, nicht zusammenzuzucken. Tiere konnten Angst wittern. Also versuchte ich mich zu entspannen und innerlich ein kleines unschuldiges Liedchen zu summen. Das verhinderte auch, dass sie meine Gedanken las. Funkel hatte mich diesen Trick gelehrt. Jetzt war ich ihm sehr dankbar dafür.

„Sie ist deine Gefährtin? Vergisst du, dass sie von anderer Art ist und dazu von diesem hoffnungslos verseuchten Planeten stammt?" Ruckartig näherte sich der Kopf der Schwester dem von Funkel. Sie musste dafür einen großen Bogen mit ihrem Hals schlagen, während der mit gefährlichen Hornzacken bewehrte Schwanz ebenfalls herum schwang, um ihr Gleichgewicht zu stabilisieren.

Ich wich zurück, weil ich befürchtete getroffen zu werden. Funkel schnaubte wieder beruhigend und warf mir einen langen zärtlichen Blick zu.

„Keine Angst, Klara! Meine Freunde sind auch die Freunde meiner Familie."

Wieder überwältigten mich diese wohligen Gefühle. Ich liebte diese Lebendigkeit, die sie neuerdings in mir auslösten.

Nachdem mein Mann verstarb, war in mir alles kalt und leer zurückgeblieben. Oft hatte ich mich traurig gefragt, ob dies das Leben gewesen war, und ich nun nur noch auf den Tod warten könne. Ich fürchtete mich beim Aufwachen vor dem langen unausgefüllten Tag und beim Schlafengehen vor der trostlosen Stille der Nacht.

Niemals wollte ich an den Punkt zurück, wo Funkel mir glücklicherweise begegnet war.

Ich schüttelte mich ein wenig, um die traurige Erinnerung zu entfernen. Dann blickte ich meinen Freund dankbar an und versuchte ein Lächeln. Wie immer versank ich sofort mit Haut und Haaren in seinen Märchenaugen. Er ließ keinen Zipfel von mir außerhalb, sondern sog mich ganz in seinen Zauberbann. Ich fühlte mich leicht wie eine zarte Feder, frei wie ein Vogel im Wind und glücklich wie ein Kind in den liebevollen Armen seines starken Vaters.

„Wie kommt es, dass sie uns versteht? Das sollte doch wohl kaum möglich sein!", wollte die vierte Schwester wissen, während sie mit ihren großen golden schimmernden Flügeln eine Menge Wind machte und mit den Vorderfüßen im Gras scharrte.

„Klara ist ein überaus sensibler Mensch. Sie empfindet intensiver als die meisten Erdbewohner. Ich weiß aber nicht, ob das der wahre Grund ist. Wahrscheinlich ist es eine Fügung des Schicksals, und ich akzeptiere die Dinge, wie sie sind", verkündete Funkel mit großem Enthusiasmus. Ein abermaliges beruhigendes Schnauben schloss sich seinen Ausführungen an.

Dann reckte er sich gewaltig in die Höhe, sodass sich seine Vorderbeine etwas vom Boden abhoben und er seinen Schwanz als Stabilisator benötigte, um nicht zu Schwanken. Die wie Saphire glänzenden ausgebreiteten Flügel schwangen elegant neben seinem mächtigen geschmeidigen Körper. In diesem Augenblick erinnerte er mich an einen wunderschönen riesigen Schmetterling, meinen verzauberten Falter, auf dem ich durch alle Dimensionen des Seins reisen konnte.

„Hüte unser Geheimnis vor ihr – egal, was geschieht!", warnte die Schwester mit stechendem Blick. Und ein gut wahrnehmbarer Schwefelgeruch drang mir aus ihrer Richtung in die Nase.

2.

Auf dem Rückweg zur Erde schmiegte ich mich müde an den starken Rücken meines fantastischen Freundes. So metallisch sein schuppiges Kleid auch glänzte, hatte es nichts mit einem Panzer gemeinsam, sondern erinnerte mich irgendwie an Moosgummi. Der mächtige Körper war samtweich und wohlig warm zwischen meinen Schenkeln. Ich umklammerte Funkel, wie ich es gewohnt war, um nicht abzurutschen und dämmerte in der undurchdringlichen Dunkelheit vor mich hin, während Wogen reiner Liebe mich durchpulsten.

Er hatte mir versucht zu erklären, auf welche Weise wir zwischen den Welten und den verschiedenen Dimensionen reisten, aber mein kleiner ungeschulter Verstand reichte nicht aus, seine Informationen zu erfassen. Es hatte mit Physik zu tun.

Als ich einmal einen Bericht im Fernsehen über die Existenz von Wurmlöchern in unserem Universum verfolgte, meinte Funkel, dass einige

unserer Forscher schon auf dem Weg der Er-
kenntnis seien.

Aber warum sollte ich mein armes Gehirn zer-
martern, um diese Dinge zu verstehen, die derart
märchenhaft erschienen, dass ich sie meiner besten Freundin – wenn ich denn noch eine hätte -
nicht glauben würde?

So verlegte ich mich ganz darauf, die Zeit mit
meinem wundersamen Freund zu genießen und
mit all meinen Sinnen zu erfahren, statt irgendetwas davon mit dem so begrenzten Verstand zu
erfassen.

Meine glühende Wange an seinen sehnigen Hals
gekuschelt, überließ ich mich ganz den sanften
lebendigen Flugbewegungen und ließ meine Gedanken träge umher schweifen. Geborgen wie
ein Kind an der Mutterbrust, erschreckten mich
weder seltsame Geräusche noch farbenprächtige
Lichterscheinungen, die hin und wieder blitzend
die Dunkelheit zerrissen.

Wie öde und freudlos war mein armes Leben vor
der Begegnung mit Funkel gewesen.

Ja, alle sagen, dass Kinder dem Leben einer Frau
Sinn geben. Es mag vielleicht sein, dass ich unge-
recht bin. Mein einziger Sohn war gewiss ein ent-

zückendes Baby gewesen und zweifelsfrei die Freude seiner Eltern. Bereitwillig hatte ich jahrelang auf vieles verzichtet, um ihn in angemessener Weise großzuziehen und ins Erwachsenendasein zu begleiten. Immer hatte ich deshalb das Gefühl, Jahre meines Lebens nicht richtig gelebt zu haben.

Ich träumte manchmal von versäumten Chancen und unerfüllten Wünschen. Beruflich hatte ich es nach dem Auszug des Jungen nicht mehr geschafft, Fuß zu fassen. Ich jobbte hier und da, immer für wenig Geld nahe an der Grenze zur Ausbeutung. Das hatte mit Selbstverwirklichung nichts gemeinsam, aber ich war dankbar für die Chance, mich nicht vollkommen überflüssig zu fühlen.

Am Rande der schweren körperlichen Arbeit gab es auch viele sehr anrührende menschliche Begegnungen, für die ich bis heute dankerfüllt bin. Meine langjährige beste Freundin Annelore stammte aus dieser Zeit. Leider litt sie seit zwei Jahren an fortschreitender Demenz und lebte in einem Pflegeheim. Sie erkannte mich bei meinen regelmäßigen Besuchen inzwischen nicht mehr – und Leben konnte man das auch eigentlich nicht nennen.

Ich wischte mir eine verstohlene Träne aus dem Auge und musste dabei sehr vorsichtig sein, um meine stabile Haltung auf dem Drachenrücken nicht nachteilig zu verändern.

Geweint hatte ich reichlich in meinem Leben. Und seit mein Erich verstorben war, hatte ich selten eine Gelegenheit gefunden, zu lachen. Es ging zum Schluss so weit, dass ich die Wohnung und mich selbst vernachlässigte. Ich brachte meine Zeit entweder im Bett oder vor dem Fernseher zu.

Mein Sohn, Detlef, der inzwischen ein angesehener Anwalt war und in Berlin lebte, hatte bei einem überraschenden Besuch Wind von meinem verwahrlosten Zustand bekommen. Er sorgte dafür, dass ich in eine Altenwohnung mit Betreuung umzog. Und dann drängte er mich zu dieser Psychotherapie.

Nun, ich will mich gar nicht beklagen. Natürlich war ich durcheinander und die Wohnung auch. Das machte alles diese Trauer, die sich wie zäher grauer Schleim über mein Leben gelegt hatte und mich zu ersticken drohte. Und obwohl ich die Einmischung meines Sohnes als übergriffig empfand, freute es mich doch, dass er mich nach fünf

Jahren wieder einmal besuchte und ein gewisses Interesse an mir zeigte.

Die Psychologin war auch sehr nett und freundlich zu mir. Sie gab mir gute Tipps, wie ich mit meinen Ängsten und der großen Traurigkeit umgehen konnte. Und meine kleine Altenwohnung war gemütlich und wurde regelmäßig geputzt. Wahrscheinlich hätte ich, ohne diese zwangsweisen Veränderungen in meinem Alltag, auch Funkel niemals getroffen.

Es war an einem dieser Freitagvormittage, den meine Reinemachefrau zum Putzen der Wohnung beanspruchte. Ich hasste es, ihr dabei zuzusehen. Zu tief war dieses unangenehme Gefühl des Über–die-Schulter-Schauens durch mein eigenes Arbeitsleben in mir verwurzelt. Ich hasste es so sehr, dass ich der Frau keinesfalls etwas derartiges zumuten wollte. Und zugegebener Maßen hatte meine Psychotherapeutin außerdem recht mit ihrer Vermutung, dass ich es als Erniedrigung empfand, meinen eigenen Dreck von einer Fremden beseitigen zu lassen.

Also schlüpfte ich, wie immer an diesen Tagen, sehr früh aus dem Bett, um auf jeden Fall bereits fort zu sein, wenn die Putzfrau kam. Sie säuberte mehrere Wohnungen, und ich wusste, dass sie spätestens gegen 12 Uhr mittags das Feld geräumt haben würde. Also verbrachte ich den Freitagmorgen mit allen notwendigen Erledigungen, von Einkäufen bis Arztbesuchen oder, bei sehr schönem Wetter, auch gelegentlich mit einem langen Spaziergang am Meer.

Und das strahlende Frühlingswetter lockte mich an dem besagten Tag hinaus. Was braucht eine alleinstehende alte Frau schon viel zum Leben? Also konnte ich die notwendigen Einkäufe auch anschließend schnell erledigen.

Ich schlenderte den Feldweg zum nahegelegenen Deich entlang. Die Vögel zwitscherten in den strahlend blauen Himmel hinein. Ein paar Schwarzbunte grasten zufrieden auf dem löwenzahngesprenkelten Grünland. Irgendwo bellte ein wachsamer Hofhund.

Die Idylle war so perfekt, dass mir meine Unzulänglichkeit nur noch stärker als gewöhnlich bewusst wurde. Weil alles um mich her so lebendig und strahlend erschien, fühlte ich plötzlich wieder diese große Traurigkeit in mir aufwallen.

„Bei aufsteigender Panik stellen Sie sich locker hin und schütteln Ihren ganzen Körper in heftigen gleichmäßigen Bewegungen, so als schüttelten Sie einen Milchshake", hatte die Therapeutin mir geraten.

Vorsichtshalber schaute ich mich erst um, ob mich jemand beobachtete. Aber da war weit und breit keine Menschenseele. Also begann ich sofort mit der hilfreichen Übung, die ich schon mehrfach gebraucht hatte. Meine Schultertasche purzelte dabei ins morgenfeuchte Gras am Wegesrand, aber sonst hatte die Aktion keine negativen Auswirkungen. Nach einigen Minuten konnte ich weitergehen und mich einigermaßen auf die Schönheit der ruhigen Landschaft einlassen.

Die Nordsee zeigte mir ein freundliches Gesicht.

Immer, wenn ich den schützenden Deich mühsam erklommen hatte und den ersten Blick auf das Meer dahinter warf, erlebte ich eine Überraschung.

Auch wenn ich bereits seit über vierzig Jahren an der Nordsee lebte, hatte ich an keinem einzigen Tag dasselbe Bild vor Augen gehabt. Da war Lebendigkeit und Veränderung! Diese Landschaft aus Wasser, Watt und Himmel wirkte auf mich faszinierend wie am ersten Tag.

Mit einem Gefühl von Befreiung blickte ich über das glänzende Watt, in dem einige Wasservögel mit langen gebogenen Schnäbeln nach Leckerbissen stöberten. Die Wasserlinie glitzerte in einiger Entfernung verheißungsvoll im Sonnenschein. Bald würde sich die Flut den jetzt freiliegenden Meeresboden wieder zurückerobern. Das war irgendwie tröstlich, weil so sicher wie die regelmäßige Abfolge von Tag und Nacht – etwas Dauerhaftes, Verlässliches inmitten der ständigen Veränderung.

Einige Möwen kreischten im Himmelsblau und vollführten schwindelerregende Flugmanöver. Ich hütete mich davor, sie durch verdächtige Bewegungen anzulocken.

Weil die Touristen sie seit Jahren fütterten, stürzten sie sich gern auf alles und jedes, das nach Essbarem aussah. Von den ekelhaften Kotflecken abgesehen, die ätzend und schwer zu entfernen waren, konnten diese Vögel auch sehr aggressiv werden und Menschen verletzen.

Also klemmte ich meine Tasche fest unter den Arm und schritt gleichmäßig aus. Ich musste ein kleines Tor passieren, das zum Schutz der auf dem Deich weidenden Schafherden angebracht war und durch einen besonderen Mechanismus mit einem lauten Krachen von selbst hinter mir zufiel. So näherte ich mich dem Meer auf dem Bewirtschaftungsweg am Fuße des Deiches. Eine leichte Briese wehte mir mein schütteres graues Haar ins Gesicht. Ich trug damals eine einfache strenge Frisur, mittellang gerade geschnitten und nach hinten gekämmt. Das war eine gute Sache, weil pflegeleicht und nicht kostenintensiv. Der Frisiersalon, gleich neben der Altenwohnanlage, bekam mich selten zu sehen.

Ich war an diesem herrlichen Morgen allein am Meer. Ja, normale Menschen hatten auch Freitagsmorgens anderweitig zu tun! Aber ich war schon lange nicht mehr normal. Ich befand mich in psychologischer Behandlung und brauchte auch sonst Betreuung, weil ich mein Leben offensichtlich nicht im Griff hatte.

Wieder wallte diese Traurigkeit, gepaart mit nackter Angst, in mir auf. Und ganz im tiefen Innern fühlte ich noch etwas anderes.

Ich stand wie angewurzelt da, schaute in die weite Ferne, noch über die verschwommene Inselkette hinaus, ohne jedoch etwas zu sehen, und spürte diesem seltsamen drängenden Gefühl nach, das ganz tief in mir brodelte.

Dann wusste ich plötzlich, dass es Wut war!

Ja, meine Psychologin hatte mich danach gefragt, ob ich jemals solche Gefühle von Hass, Zorn oder Wut gekannt hätte. Und ich hatte es viel zu eilig verneint.

Ich doch nicht!

Wie und warum sollten solche negativen Gefühle in mir vorhanden sein?

Trauer – ja!

Verzweiflung – auch!

Manchmal ein bisschen Selbstmitleid – das gab ich zu.

Aber Aggressionen jeglicher Art waren mir fremd.

Durch das laute Gezeter der Möwen wurde ich an eine weitere Übung erinnert, die ich immer machen sollte, wenn ich mich völlig ungestört fühlte. Hier an der einsamen Meeresküste, war nach Ansicht meiner Psychologin ein sehr geeigneter Platz. Ich hatte es bereits zweimal an gleicher Stelle versucht, aber mit nur mäßigem Erfolg.

„Schreien Sie alle Traurigkeit und allen Frust aus sich heraus! Sie müssen wirklich so laut schreien, wie niemals in Ihrem bisherigen Leben und alle Kraft hineinlegen, die Sie besitzen. Schreien Sie bis Ihnen die Luft wegbleibt, und übergeben Sie alle inneren Schmerzen dem Wind und dem Meer!", hatte die Therapeutin mir geraten.

Aber da stand ich dann und fühlte mich sehr klein und schwach, angesichts dieser atemberaubenden Weite. Beim ersten Versuch, etwa drei Wochen zuvor, hatte ich nur ein fast unhörbares Krächzen zuwege gebracht.

Auch der zweite Versuch war nicht wesentlich besser gelaufen. Es fühlte sich an, als bliebe mir die Stimme im Kehlkopf stecken und bilde einen schmerzhaften Klumpen. Die Luft wollte nicht aus meinen Lungen entweichen, und auf dem frustrierten Nachhauseweg hatte mich damals der Schwindel geplagt.

Sollte ich aufgeben? Ich hätte der Psychologin sonst was erzählen können. Nur irgendwie betrachtete ich die Angelegenheit als persönliche Niederlage. War doch total blöde, dass ich nicht mit lauter Stimme in den Wind schreien konnte!

Und plötzlich ganz ohne Vorwarnung war die Wut da!

Sie war dunkelrot und wallte wie eine riesige Flutwelle an die Oberfläche meiner Empfindungen. Ich war sooo wütend! Ich hasste die ganze Welt und mich besonders. Ohne Sinn und Verstand schleuderte ich meine Tasche Richtung Deich, ballte beide Hände zu Fäusten und schüttelte sie minutenlang aggressiv gegen den unschuldigen Himmel.

„Du da oben, hast mich auch total vergessen", schimpfte ich laut.

Und dann stemmte ich die Fäuste kraftvoll in die Hüften und schrie und brüllte über das Meer, dass die Möwen vor Schreck verstummten und der Wind für einen Moment seine Kraft verlor.

Oh, ich war so laut und grell, dass sich die Sonne erschreckt hinter Wolken verbarg. Meine Lungen hatten ein ungeahntes Volumen, so dass ich schließlich sehr anhaltend mit fest zusammengekniffenen Augen alles herauskreischte.

Dieses unmelodische Gebrüll aus den Tiefen meiner verletzten Seele hatte ihn herbeigerufen.

Von meinem durchdringenden Ruf gelockt und von Neugierde getrieben, hatte sich der märchenhafte Drache am weiten Himmel über dem

vollkommen gelassen ruhenden Meer materiali-
siert.

3.

Ich erwachte abrupt. Das offene Schlafzimmer-fenster schlug durch den starken Wind mit einem lauten Rums gegen den Kleiderschrank. Völlig angekleidet lag ich bäuchlings auf meinem Bett, den Rucksack noch auf dem Buckel.

Natürlich war er längst verschwunden.

Er hatte mich wie immer, wenn ich ermüdet von unseren fantastischen Abenteuern auf seinem Rücken eingeschlafen war, mit seinem starken Kiefer geschnappt und durch das offene Fenster auf mein Bett gehievt, so sanft es ihm möglich war. Mein Rucksack war dabei äußerst hilfreich, weil er mich daran wunderbar packen konnte, wie eine Katze ihr Junges. Ich schnallte ihn des-halb immer sorgfältig um, wenn ich mit Funkel unterwegs war.

Jetzt erhob ich mich elastisch von meinem funk-tionalen Pflegebett, das ich glücklicherweise im Moment eigentlich noch nicht brauchte, um zu-erst das klappernde Fenster zu schließen.

Der Mond schien hell in mein Zimmer im dritten Stockwerk, und ich verweilte ein wenig bei leicht zurückgezogener Gardine. Der Himmel strahlte von so vielen Sternen übersät, dass es eine Pracht war. Ich schätzte mich glücklich, mit Funkel alle Geheimnisse des Weltalls erforschen zu können. Aber noch viel mehr liebte ich die vollkommene Freiheit und Glückseligkeit, die mich beim Ritt auf seinem starken Rücken überflutete.

Es war mir im Grunde egal, wohin wir flogen. Seine sanft wärmende Nähe und die in mich einströmende Kraft stellten Wunder dar, von denen ich nie genug bekam. Funkel machte mich süchtig mit seiner reinen Gegenwart, und ich vermisste ihn schon Sekunden, nachdem er mich verlassen hatte.

Sorgsam schloss ich die Gardinen, um den Vollmond davon abzuhalten, so überaus neugierig bis in die hinterste Ecke meines Schlafzimmers zu starren.

Mein tierischer Freund war natürlich längst aus meinem Blickfeld verschwunden. Er entmaterialisierte sich immer sehr schnell, um keine unnötige Aufmerksamkeit auf sich zu ziehen. Ich fühlte mich ein wenig allein. Aber im Gegensatz zu früher, löste das keine Panik in mir aus.

Langsam und gewissenhaft entledigte ich mich des Rucksacks. Ich kontrollierte alle Gurte wie bei einem Faltschirm. Meine Gesundheit, wenn nicht sogar mein Leben, konnten im Ernstfall davon abhängen, ob die Riemen und Verschlüsse mein Gewicht hielten.

Das Teil war ein Werbegeschenk von einer Firma, die Energiedrinks verkaufte. Ich hatte es irgendwann einmal in einer Tombola gewonnen und in einer dunklen Ecke meines Kleiderschrankes verstaut, wo es in Originalverpackung jahrelang geduldig auf den Einsatz gewartet hatte. Es war erstaunlich stabil, fasste alle Dinge, die ich für Notfälle so mit mir führte, und passte mir wie angegossen.

Ja, das Aussehen war da eher nebensächlich. Vielleicht waren dieses leuchtende Rot und Weiß aber genau die richtigen Signalfarben für unsere nicht immer ungefährlichen Unternehmungen?

Lustig fand ich schon immer die hinten aufgesetzten weißen Flügel. So konnte ich mir irgendwie einreden, dem geflügelten Drachen ein wenig ebenbürtig zu sein. Wieder musste ich leise lachen, als ich den albernen Rucksack ordentlich in meine Kommode packte, nicht ohne sanft über die Flügel zu streicheln, bevor ich die Schublade sorgfältig schloss.

Obwohl voller Saft und Kraft, wie meistens, wenn ich auf Funkels Rücken geritten war, fühlte ich mich hungrig. Mein Magen hatte den ganzen langen Tag nichts genossen, außer ein paar Happen von den seltsamen Drachenfrüchten. Sie erinnerten mich geschmacklich an Ananas, waren aber nicht ganz so saftig. Vielmehr hinterließen sie in meinem Mund ein etwas schleimiges Gefühl, weshalb ich meinen Wasservorrat anschließend vollkommen aufgebraucht hatte.

Noch bevor ich das behindertengerechte Bad zu einer entspannenden Dusche aufsuchte, begab ich mich in meine Wohnküche, um im Kühlschrank zu stöbern.

Das Einkaufen war in der letzten Zeit ziemlich in den Hintergrund getreten. Oft ernährte ich mich unterwegs von vegetarischen Leckerbissen, die Funkel für uns beide auftat.

Er kannte sich überall mit der Vegetation aus, und ich vertraute ihm nach anfänglicher Zurückhaltung ohne Vorbehalte. Wenn etwas nicht meinem Geschmack entsprach, hielt ich mich an anderes, was der Drache mir vorlegte. So konnte ich eine Menge Geld sparen. Was ich aber neuerdings manchmal für mein äußeres Erscheinungsbild ausgab.

Oh, da lagen noch zwei Eier, und etwas Speck war immer im Haus. Also nahm ich die kleine Pfanne vom Haken, schaltete den Herd an, ein fröhliches Liedchen auf den Lippen, und im Handumdrehen duftete es unwiderstehlich nach Spiegeleiern mit Speck.

Mein Magen knurrte ungeduldig, während ich mir das Essgeschirr auf dem kleinen Tisch zurechtstellte. Ach, immer vegetarische Kost ist auch nicht das richtige, dachte ich in froher Erwartung auf das duftende Mahl.

Und so schnell, wie es zubereitet war, wurde es auch mit großem Appetit von mir verspeist. Dazu passten eine Scheibe derbes Schwarzbrot und eine Flasche Malzbier. Ich war schon fast glücklich, nachdem ich mich solcherart gestärkt hatte.

Das schmutzige Geschirr wanderte in meine Minispülmaschine. Die war eines der großzügigen Geschenke meines Sohnes, mit denen er sich von all seinen Verpflichtungen mir gegenüber freigekauft zu haben glaubte.

Ja, ich will auch nicht mit meinem Schicksal hadern, sondern dankbar sein, dass Detlef mir diese Bequemlichkeit im Alter mit seinem Geld ermöglicht. Auch wenn mir manchmal mehr daran läge, ihn zu sehen oder wenigstens mal mit ihm zu reden. Aber die jungen Menschen sind immer sehr beschäftigt!

Ich schaltete schon mal den Fernseher ein und wanderte dann schnurstracks unter die Dusche. Das warme Wasser prickelte auf meiner Haut. Der teure blumig duftende Duschschaum verbreitete eine wahre Wellnessatmosphäre. In mir schäumte unbändige Lebensfreude auf. Ich drohte beinahe vor Glückseligkeit zu platzen.

Alles, was früher innere Finsternis und Traurigkeit gewesen war, schien nun ins Gegenteil verwandelt. Weil der Druck in meinem Herzen anstieg, öffnete ich ein Ventil, indem ich fröhlich zu trällern begann, während ich meinen Körper mit einem weichen Schwamm im selben Rhythmus bearbeitete.

Der etwas beschlagene Spiegel zeigte mir wenig später eine glückliche Frau mit leicht geröteten Wangen. Ich begann mein inzwischen gelocktes blondgefärbtes Haar in Form zu zupfen und über eine Rundbürste zu föhnen. Das Ergebnis gefiel mir. Das Blau meiner Augen hatte etwas von der Intensität zurückgewonnen, die sie in meiner

Jugend gehabt hatten. Sparsam verteilte ich die kostbare Intensivpflegecreme für die Nacht auf Gesicht und Dekolleté. Ich hatte das Gefühl, meine Falten waren weniger tief und fielen kaum noch auf. Die Haut wirkte frischer und gut durchblutet. Ich putzte meine Zähne sehr intensiv und lächelte mir danach übermütig im Spiegel zu.

„Hallo, du Schöne! Wo hattest du dich solange versteckt?", fragte ich die Frau mit der angenehm positiven Ausstrahlung, die mir ein wundervolles Lächeln schenkte, bevor ich lachend das Licht über dem Spiegel löschte und mich entspannt vor den Fernseher setzte.

4.

Funkel erschien in sehr unregelmäßigen Abständen, um mich mit sich auf Abenteuer zu nehmen. Aber ich hatte auch immer die Möglichkeit, nach ihm zu rufen. Dazu benötigte ich nun allerdings kein lautes hysterisches Geschrei mehr. Es bestand eine Art von telepathischer Verbindung zwischen uns, die mir eine geistige Kontaktaufnahme ermöglichte.

Es hatte mich einige Stunden mit Meditationsübungen und vor allem ziemlich viel Ausdauer gekostet, diese neue und mir völlig unbekannte Fertigkeit zu erwerben. Doch meine Angst, den Kontakt zu Funkel wieder zu verlieren, hatte mich angetrieben und mir das notwendige Durchhaltevermögen verliehen.

Inzwischen fühlte ich mich in unserer Beziehung selbstsicher und auch keineswegs mehr unterlegen. Er war ein sehr starkes und ein vollkommen märchenhaftes Wesen, was alle Menschen, die ihn nicht kannten, in Angst und Schrecken versetzen würde.

Ich wusste auch, dass er Eigenschaften besaß, wie das Gedankenlesen oder das Feuerspeien, die man oberflächlich betrachtet, als negativ bezeichnen konnte. Aber er hatte sich mir immer nur als das sanfteste liebenswürdigste Geschöpf gezeigt, welches ich jemals kennengelernt hatte.

Ich kam gerade von einem der regelmäßig angebotenen Bastel- und Handarbeitsvormittage im Gemeinschaftszentrum unserer Altenwohnanlage zurück. Inzwischen nahm ich mit Freude an solchen gemeinschaftlichen Aktivitäten teil. Wenn mein Gefühl mich nicht täuschte, interessierten sich einige der älteren Herrschaften in meiner Nachbarschaft inzwischen für mich. Und ich hatte mein Herz ihnen gegenüber ein wenig geöffnet.

Anfangs war das für mich nur der „Siechenkindergarten", und ich hatte keine Lust mich mit irgendwelchen Kontakten zu den mich umgebenden Alten einzulassen.

Wozu sollten mir denn diese gemeinsamen Aktivitäten nutzen?

Es erschien mir total überflüssig und nahezu albern, mit Kastanien zu basteln, Wolle zu filzen, gemeinsam alte Wanderlieder zu singen oder im Sitzen einen Kuchen-back-Tanz auszuführen. Ich hatte mit dem Leben abgeschlossen und wollte keine neuen Erfahrungen machen oder gar Beziehungen - egal welcher Art - anknüpfen.

Nun betrachtete ich lächelnd die brandneue kleine schillernd glasierte Tonfigur in meinen Händen, die natürlich einen Drachen darstellen sollte, und die ich selbst geformt hatte. Sie hatte mir die neugierige Bewunderung der anderen Kursteilnehmer gesichert.

Zärtlich strich ich über die glatte glasierte Oberfläche, ließ meinen Zeigefinger vorsichtig entlang der spitzen Zacken des kräftigen Schwanzes wandern.

Liebe wallte in mir auf, wie ein loderndes Feuer, das mich zugleich wärmte und auch zu verzehren drohte.

Und in diesem Augenblick nahm ich Funkel in meinen Gedanken wahr. Er rief nach mir.

Sachte stellte ich das kleine dilettantische Abbild meines imposanten Freundes auf das Bücherregal. Einen kurzen Moment zögerte ich. Vielleicht sollte ich ihn besser in meiner Nachttischschublade verstecken, damit die Putzfrau ihn nicht kaputtmachen konnte?

Aber die Frau war bisher pfleglich mit meinem Eigentum umgegangen, und so verwarf ich den Gedanken wieder.

Schnell packte ich ein paar notwendige Dinge in meinen Rucksack und schnallte ihn ordentlich um. Dann rannte ich ungeduldig zu unserem Treffpunkt hinter der Friedhofskapelle.

Der Ort war von Büschen und hohen Bäumen umstanden und so gut geeignet, weil er selten von irgendwelchen Menschen aufgesucht wurde. Die Kapelle hatte nach hinten weder einen Ausgang noch sonstige Öffnungen, da an dieser Wand die Räume für die Aufbahrung der Leichen lagen. Sie benötigten nun keine Fenster mehr und mussten Sommer wie Winter gleichermaßen kühl gehalten werden.

Das Gelände war ein wenig verwahrlost, aber das störte weder Funkel noch mich. Ich zwängte mich durch die Büsche und traf ihn dort an, wie er mit seinen wulstigen Lippen genüsslich einige saftige Unkräuter zwischen hohem Gras herauszupfte. Ungestüm, wie ein junges verliebtes Mädchen, rannte ich gleich auf ihn zu, um ihn mit aller Zärtlichkeit zu umarmen. Er kaute zufrieden weiter, während er mir seine helle Freude auf mentalem Wege vermittelte und einen leisen Schnauber ausstieß.

Die hellgelben Dampfwölkchen rochen ganz leicht nach Schwefel. Aber das registrierte ich nur sehr gelassen. Es beunruhigte mich längst nicht mehr. Vielmehr genoss ich ein kaskadenartiges Feuerwerk von positiven Gefühlen, die durch meinen ganzen Körper strömten und mich an die Grenze dessen trugen, was ich alte Frau noch auszuhalten in der Lage war.

Zärtlich rieb ich meine heiße Wange an seinem niedergebeugten Hals. Dann nahm ich den Rucksack kurz ab, um die weiche Bürste herauszuziehen. Funkel ließ sich mit einem Plumps ins hohe Gras fallen, und ich begann mit dem Striegeln.

Es war einer meiner intensivsten Liebesbeweise, die ich ihm regelmäßig geben konnte. Soviel hatte er für mich getan und tat es noch immer, dass ich ein großes Bedürfnis verspürte, ihm etwas Zärtlichkeit zurück zu geben.

Mich ermüdete das Striegeln des großen Darachenkörpers längst nicht mehr so, wie zu Anfang. Meine Muskulatur hatte sich durch die Aktivitäten mit meinem Dachenfreund derart gestählt, dass es mich selbst verwunderte.

Spielend nahm ich inzwischen die Treppen zu meiner Wohnung und nicht mehr den Fahrstuhl. Auch die wöchentlichen Gymnastikübungen im Altenkreis brachten mich nicht einmal hinter Atem. Aus mir war eine wirklich flotte Alte geworden, und ich war stolz darauf.

Als ich meine Arbeit erledigt hatte, bewunderte ich die strahlende Schönheit meines Geliebten, während er mir fröhlich dankte.

„Ich habe mir selbst den größten Gefallen getan", flüsterte ich lächelnd. Dabei kniff ich die Augen ein wenig zu, weil sein strahlender Glanz mich blendete, als die Mittagssonne ihren Gruß durch die umstehenden Bäume schickte.

Dann hielt ich zwei Finger an meine Lippen, küsste sie inbrünstig und drückte sie ihm ganz sanft auf seine weichen Nüstern. Er schüttelte sich und sandte mir ein frohes Lachen in meinen Kopf, das mein Herz erneut vibrieren ließ.

„Komm, lass uns losfliegen, mein Liebling!", hauchte ich kaum hörbar, während ich auch schon den Rucksack umschnallte.

Funkel ließ mich aufsteigen, umgab uns mit seinem Schutzschild, der uns unsichtbar für die

Menschen machte, und erhob sich fast lautlos in die Lüfte.

5.

Nicht oft wandten wir uns auf unseren ausgedehnten Reisen anderer Planeten in fremden Sonnensystemen zu. Solche Ausflüge waren für mich immer äußerst anstrengend, weil die Anziehungskräfte und die Atmosphären unter fernen Sonnen sich meistens wenigstens um einige Prozentpunkte von meiner irdischen Heimat unterschieden. Auch die Vegetation oder die Wasserqualität waren unterschiedlich.

Das Leben sei, wie Funkel mir telepathisch vermittelt hatte, zwar überall verwandt und letztendlich eines Ursprungs, aber es hatte die Möglichkeit genutzt, sich in unzähligen fantasievollen Varianten zu entwickeln und tat es ständig weiter ohne Stillstand.

Ich hatte überaus seltsame Wesen gesehen, die unter unvorstellbaren Bedingungen existierten. Meistens sorgte Funkel dafür, dass wir für die intelligenten Bewohner der fernen Welten unsichtbar blieben. Dann landeten wir an einem Ort, von dem aus ich alles gut beobachten konnte, und er versuchte mir Dinge zu erklären, die mich auf den ersten Blick verwirrten.

Ich glaubte trotzdem oft, dass ich nur seltsame Träume erlebt hätte, denn die Umgebungen waren so fantastisch und die Lebewesen geradezu bizarr.

Manche lebten überwiegend im Wasser. Sie besaßen eine glänzende schwarze Haut, die von zahlreichen Flecken übersät war, mit deren Hilfe sie ihre Umgebung wahrnahmen. Und ich konnte ihre eigenartigen Behausungen nur beim Überfliegen der gekräuselten Wasseroberfläche erahnen, die beinahe den gesamten Planeten bedeckte.

Ihre Kommunikation war aber ähnlich, wie die zwischen Funkel und mir. Deshalb strömte unaufhörlich eine solch gewaltige Informationsflut auf mich ein, dass sich meine Kopfschmerzen meldeten, und ich deshalb leider gezwungen wurde, abzuschotten.

Es gab einige Planeten, die von Vulkanen nur so strotzten. In jedem Augenblick rann irgendwo glühende Lava zu Tal. Ein für mich unerträglich beißender Geruch erfüllte die Luft. Aber auch hier existierte Leben in vielfältiger Weise. Ich sah riesige völlig behaarte Gestalten mit gewaltigen

Hörnern, die augenscheinlich zu Machtkämpfen eingesetzt wurden. Diese beeindruckenden Wesen waren aber keineswegs Tiere, wie Funkel mir erklärte, sondern von beachtlicher Intelligenz und mit einem vorbildlichen Gemeinschaftssinn ausgestattet.

Meistens besuchten wir aber andere Sonnensysteme mit Lebensformen, die den menschlichen ähnlich waren. Die Geschöpfe unterschieden sich dennoch in Aussehen und Entwicklungsstand so sehr von uns, dass sie mir fast alle Angst einjagten.

Nur ein Planet blieb mir in äußerst angenehmer Erinnerung. Er war von sehr ätherischen überaus freundlichen Wesen bevölkert. Ihre Heimat hatte in etwa gleiche Bedingungen wie unsere Erde, war aber wesentlich älter und besaß nur zwei Drittel der Anziehungskraft.

Ich hatte mich dort sehr leicht und glücklich gefühlt, zumal wir uns nicht verstecken mussten, weil die Bewohner Funkel freundlich begegneten. Dorthin wollte ich gern bei Gelegenheit noch einmal zurückkehren.

Funkel trug die große Verantwortung, Orte auszusuchen, die mir gesundheitlich keinen Schaden zufügten und denen ich durch meine irdischen

Anhaftungen von Keimen, kleinsten Lebewesen und Pollen keinen Nachteil bereitete.

Er selbst war weitaus robuster als ich und verkraftete Atmosphären und Naturgewalten in einer großen Bandbreite. Außerdem war er kein unfreiwilliger Überträger von Keimen oder sonstigem. Seine besondere Haut sorgte dafür, dass alles an ihr abprallte.

Er arbeitete – wenn man das so nennen durfte – schließlich als ein Botschafter (oder möglicherweise sogar als Kundschafter?) zwischen den Welten. Und dafür war er hervorragend gerüstet.

Reisen innerhalb unserer Erdatmosphäre waren gewöhnlich unproblematischer. Es sei denn, wir reisten in die Vergangenheit. Das barg für mich natürlich einen besonderen Reiz, weil es Geschichte, die ich nur aus Büchern oder Filmen kannte, erlebbar machte. Aber ich bekam nach solchen Ausflügen regelmäßig starke Kopfschmerzen, was mich davor zurückschrecken ließ, öfter darum zu bitten.

Diesmal verfolgte Funkel bei unserem wilden Ritt ein ganz bestimmtes Ziel, und es war mir angenehm, dass wir auf der Erde blieben. Unsichtbar für meine menschlichen Brüder und Schwestern flogen wir in einer geringen Höhe über Wälder,

Seen, Berge und Täler oder große Städte hinweg. Manchmal erkannte ich sehr markante Gegenden, aber meistens verfolgte ich nur staunend, wie unter uns die Welt dahin raste.

Die Flugzeuge, welche hin und wieder in einiger Entfernung vorbeischlichen, nahmen uns natürlich nicht wahr und konnten mit Funkels Geschwindigkeit und eleganter Wendigkeit nicht mithalten.

Zum Schluss stiegen wir in die schwindelnden Höhen des Himalaya, der schneebedeckt in der Sonne glitzerte und erreichten bald unseren Bestimmungsort auf einem Hochplateau in der Nähe einiger tibetischer Zelte und einer friedlich weidenden Yakherde.

Ich kannte diesen Ort und liebte ihn. So einfach und von einer natürlichen Mitmenschlichkeit waren die Bewohner. Sie waren Nomaden und wanderten mit ihrer Yakherde in einem sehr kargen Gebiet umher.

Für diese Menschen wurde Funkel regelmäßig sichtbar. Sie verehrten ihn als heiligen Drachen und Glücksbringer. Mich hatten die Männer, Frauen und Kinder mit ihren von der rauen Natur gegerbten Gesichtern bei unserer ersten Begegnung gleich freundlich empfangen. Sie gaben mir von ihrer guten sahnigen Yakmilch zu trinken und teilten ihre fremdartige Speise mit mir.

Ich bewunderte die einfache Lebensweise und die Genügsamkeit dieser Tibeter. Sie wurden inzwischen leider von chinesischer Seite vielfach sanktioniert. Man wollte ihnen das freie Nomadenleben austreiben und verhinderte inzwischen mit dem Bau von Zäunen, dass die Yakherden Zugang zu den ehemaligen Weidegründen hatten.

Viele Nomaden hatten sich schon dazu zwingen lassen, sesshaft zu werden. Allerdings waren die zugewiesenen Ländereien, die natürlich als erstes eingezäunt werden sollten, von mangelhafter Qualität und reichten nicht aus, die Herden zu ernähren.

Ich litt, seit ich durch Funkel vom Schicksal dieser Menschen erfahren hatte, mit ihnen. Jedes Mal, wenn wir in den Himalaya unterwegs waren, stellte ich mir die Frage, ob wir die mir ans Herz gewachsene Gruppe noch in Freiheit antreffen würden.

Doch da waren sie – frisch und munter. Sie trugen ein neues Baby in einem bunten Tuch bei sich und liefen gleich auf Funkel zu, sobald er sich manifestierte. Die Yakherde wurde einen

Moment unruhig, sammelte sich dann aber in einiger Entfernung und weidete bald wieder friedlich.

Ich stieg von Funkels Rücken und hielt mich erst mal ruhig an seiner Seite, während die Huldigungen an meinen Drachenfreund ihren Lauf nahmen. Der blieb seelenruhig und geduldig und ließ die buntgekleideten Menschen tanzen, singen und sich bis zur Erde verneigen, solange es dauerte.

Schließlich ergriff eine der älteren Frauen meine vor Kälte etwas steif gewordene Hand und zog mich mit sich zu einem der größeren Zelte. Sämtliche Frauen und die Kinder folgten uns unter lautem Gejohle. Ich ahnte schon, dass jetzt der gemütliche Teil folgte, und ich reichlich zu essen und zu trinken bekam. Außerdem musste ich ihre farbenfrohen Handarbeiten, die wirklich ganz bezaubernd waren, gebührend bewundern.

Während ich mit vorsichtiger Zurückhaltung von den ungewohnten Speisen kostete, die einen archaischen Geruch verströmten und mir von den freundlichen Frauen nahezu aufgenötigt wurden, führten die Männern Funkel zu einem Ort, den sie Tal des Glücks nannten.

Dort musste er sich erleichtern, denn der Dung des Drachen war für die Menschen hier ein wertvoller Glücksbringer. Sie verbrannten ihn in heiligen Zeremonien und streuten die Asche als Dünger auf die kargen Wiesen oder brannten kleine Ziegel mit Glückssymbolen daraus.

Funkel tat alles, um den armen tibetischen Nomaden wirklich Glück zu bringen. Außer mit dem Dung versorgten wir sie regelmäßig mit Dollarnoten, damit sie ein angenehmeres Leben hatten oder Dinge kaufen konnten, die sie benötigten wie Medikamente und Gerätschaften.

Für die Dollarnoten war meine Hilfe notwendig. Ich nahm bei jedem Besuch ein großes Bündel voller unglaublich fantasievoller Handarbeiten mit und verkaufte sie bei unseren regelmäßigen Basaren im Altenzentrum. Die Sachen waren so gefragt, dass ich die Preise schon zweimal erhöht hatte. Und die Tibeter strahlten, wenn ich die Dollarnoten vor ihren Augen auffächerte.

Ja, wie sollten sie dafür eine natürliche Erklärung finden? Sie konnten nur glauben, dass uns der Himmel geschickt hatte.

Ich hoffte inständig, dass ich noch eine Weile bei guter Gesundheit blieb, um an dem Projekt weiterzuarbeiten. Vielleicht konnten wir wenigstens dieser abseits der Zivilisation lebenden Gruppe von Nomaden, ihre Unabhängigkeit erhalten.

6.

Wieder waren wir erst spät abends zurückgekehrt. Ich hatte nicht einmal mehr die Kraft gefunden, unter die Dusche zu springen. Meine verschwitzte Kleidung, die dazu noch penetrant nach Yak roch, hatte ich unordentlich in eine Ecke des Schlafzimmers geworfen und mich in mein gemütliches Bett gekuschelt, um sofort einzuschlafen.

Nach einer traumlosen Nacht (Wozu brauchte ich Träume, wenn mein Leben derartig aufregend war?) wachte ich erst gegen zehn Uhr am nächsten Morgen vom Läuten des Telefons auf.

Ich werde selten angerufen, deshalb registrierte ich nicht sofort, dass es nicht der Wecker war, was da so penetrant schellte. Noch völlig verschlafen schälte ich mich schließlich aus dem Bettzeug und schlüpfte in meine Pantoffeln. Doch ehe ich das Telefon erreichte, hatte es zu meinem Ärger mit Klingeln aufgehört.

Ich sah das grüne Blinken, das bei jedem Anruf in Abwesenheit angezeigt wurde und versuchte durch Drücken der Taste herauszufinden, wer der Anrufer gewesen sein konnte. Aber es gelang mir wieder einmal nicht.

Die moderne Technik besaß für mich eine Tücke, die sie mir höchst unsympathisch machte. Genervt stellte ich das Telefon wieder auf die Ladestation, in der Hoffnung, dass es nichts wirklich Wichtiges gewesen war oder sich der Anrufer später nochmals melden würde.

Dies geschah dann auch wirklich.

Ich hatte nach dem Duschen ein Handtuch um meine feuchten Haare geschlungen und saß gerade gemütlich beim Frühstück, über meine Heimatzeitung gebeugt, als es wieder klingelte. Errschreckt fuhr ich vom Stuhl hoch. Die Zeitung landete in der Butter. Ich verlor einen Pantoffel und wäre auf dem Sprint zum Telefon beinahe gestürzt, aber ich erreichte den Apparat noch rechtzeitig.

Atemlos riss ich das Gerät ans Ohr und hörte sofort, dass mein Sohn am anderen Ende war.

„Mama, was ist denn bei dir wieder los? Bist du denn überhaupt nicht mehr zuhause, oder gehst du vielleicht nicht ans Telefon? Ist alles mit dir in Ordnung?" Detlef sprach laut und aufgeregt. Ich hatte kaum die Möglichkeit dazwischen ein Wort anzubringen, zumal ich noch etwas hinter Atem war und mit Brötchenkrümeln zwischen den Zähnen kämpfte.

„Ja, hallo, Detlef, mein lieber Junge, reg dich mal nicht so auf! Es ist alles mit mir in Ordnung. Ich bin nur etwas erschrocken, weil das Telefon klingelte. Das kommt nicht so oft vor", stammelte ich.

„Wenn du ständig unterwegs bist, kann dich auch keiner anrufen." Er schmollte, weil er den kleinen Seitenhieb wohl verstanden hatte.

„Aber du warst es doch, der mir nahegelegt hat, an den Aktivitäten dieser Senioreneinrichtung teilzunehmen. Wir haben wundervolle Figuren aus Ton gemacht. Ich kann dir auch eine als Deko schenken, wenn du magst", schwärmte ich euphorisch.

„Ja, schön! Aber du weißt doch – Vanessa und ihr besonderer Geschmack..." Er schwieg betreten.

„Ach, ist es noch immer dasselbe mit ihr? Aber ich weiß ja, dass Ihr jungen Leute einen anderen Geschmack habt. Es ist schon gut so. Meine Therapeutin meint, die Jungen und die Alten müssen jeder ihr eigenes Leben führen. Keiner ist dafür verantwortlich, dass ein anderer glücklich ist."

„Stehst du unter Tabletten, Mama?", fragte mein Sohn nun vorsichtig und voller Sorge.

„Aber nein, ich hab große Fortschritte gemacht, sagt die Psychologin. Ich schreie in die Meeresbrandung und hüpfe gegen meine Panikattacken durch die Wiesen und Felder. Ich bastle und tanze mit den Alten und mache sogar beim Basar mit. Alles ist bestens, mein Junge", beteuerte ich vielleicht etwas zu überschwänglich.

„Ich bin mir nicht sicher - sollte ich vielleicht besser mal vorbeischauen?" Ich merkte ihm an, dass er dies als das letzte Mittel ansah und gut darauf verzichten konnte, deshalb geriet ich nicht sofort in Panik.

Das letzte, was ich im Moment gebrauchen konnte, war ein Kontrollbesuch meines einzigen Sohnes!

Hier lagen Berge von tibetischen Handarbeiten, die unbedingt gelüftet werden mussten, um den ungewohnt strengen Geruch zu vertreiben, der gerade in meiner gesamten Wohnung hing. Außerdem wollte ich die hübschen Sachen am folgenden Wochenende auf dem Basar feilbieten.

Detlef würde gleich herausfinden, dass damit etwas nicht stimmte. Wie sollte ich alles, was in meinem Leben zurzeit *nicht stimmte* erklären, ohne in der geschlossenen Anstalt zu landen?

„Aber, mein Liebling", schmeichelte ich, „du musst dir doch wirklich keine Sorgen mehr um mich machen. Ich habe hier inzwischen Anschluss an nette Menschen gefunden. Wir machen auch manchmal Ausflüge in die Umgebung und spielen zusammen Mensch-ärgere-dich-nicht. Es geht mir so gut, wie lange nicht mehr." Den letzten Satz betonte ich mit absoluter Ehrlichkeit, weil ich voll dahinter stand, sodass ich die Hoffnung hegte, er würde mir glauben.

Es entstand eine nachdenkliche Pause. Dann meinte er etwas verunsichert: „Du mochtest Mensch-ärgere-dich-nicht noch nie! Bist du sicher, dass du glücklich bist?"

„Ja, es ist die glücklichste Zeit meines Lebens. Ich kümmere mich nur um mein eigenes Wohlbefinden und hab keinerlei Verpflichtungen. Wie sollte ich da nicht glücklich sein." Vielleicht war das wieder etwas dick aufgetragen, aber ich fühlte mich glücklich und hoffte, dass er das an meiner Stimme hörte, auch wenn er mich nicht verstand.

Vor allem sollte er wegbleiben!

„Na, gut, Mama, ich freue mich ja, wenn es dir wirklich besser geht. Aber du musst mir unbedingt Bescheid geben, wenn du Hilfe benötigst. Am Geld soll es nicht scheitern. Ich bin zum Teilhaber der Kanzlei aufgestiegen und Vanessa verdient auch sehr gut. Ich werde dich regelmäßig anrufen, damit du einen Ansprechpartner für deine kleinen Sorgen hast. Gut so?"

„Wollt ihr denn nicht mal langsam Kinder haben? Ich bin schon so alt und noch immer keine Oma." Ich wusste, dass er bei diesem Thema unser Gespräch sehr schnell beenden würde.

„Ach, Mama, das ist wieder die alte Leier!", seufzte er und verabschiedete sich abrupt von mir.

„Ich hab dich lieb, mein Schatz – und danke für deine Sorge um mich", rief ich noch möglichst laut und hörte auch schon den penetranten Ton, der mir die Beendigung des Gesprächs anzeigte.

Mit einem schlechten Gewissen kehrte ich an den Frühstückstisch zurück. Der Tee war inzwischen kalt geworden, und die Sahne bildete darauf kleine fettige schmutzigweiße Inseln. Die Zeitung hatte das Fett aus der Butter in den gesamten Kleinanzeigenteil gesogen, den ich immer besonders liebte.

Also räumte ich etwas frustriert alles vom Tisch und wischte ihn gut sauber, damit ich dort später in Ruhe die wundervollen Handarbeiten der Tibeter ausbreiten konnte.

Nachdem ich mein Haar sorgfältig geföhnt hatte und mich als einigermaßen ansehnlich einordnen konnte, stopfte ich die schmutzigen Sachen in die Waschmaschine. Dann breitete ich, bei weit geöffnetem Fenster, die eindrucksvolle Kollektion auf dem Tisch aus.

Ich sah sofort, dass die fleißigen Frauen diesmal doppelt so viele bunte Webdeckchen hergestellt hatten, weil diese einen reißenden Absatz bei den Kunden unseres Basars fanden. Auch die Armbändchen mit den fantasievollen Mustern erfreuten sich großer Beliebtheit, als Mitbringsel für Enkelkinder. Die schönen Handarbeiten waren allesamt Unikate, was sie besonders wertvoll machte.

Ich nahm jedes einzelne Teil liebevoll in die Hände, um es genau zu betrachten. Leider besaß ich überhaupt kein handwerkliches Geschick, und mir war vollkommen schleierhaft, wie jemand solche exakten Muster und diese Kompositionen von miteinander harmonierenden Farben erschaffen konnte.

Freude wallte in mir auf, dass Funkel mir diese unbekannte Welt geöffnet hatte. Und während ich den Küchentisch vorsichtig zum offenen Fenster schob, summte ich fröhlich vor mich hin und dankte zum wiederholten Male meinem Schicksal für alles Gute, was aus meiner Begegnung mit dem Drachen entstanden war.

Die Sachen konnten jetzt erst mal in Ruhe lüften. Vorsichtshalber zog ich die Gardine vor das offene Fenster, um neugierige Vögel davon abzuhalten, sich in meiner Küche umzusehen und dabei unversehens Kleckse auf den wertvollen Waren zu hinterlassen. Später wollte ich noch alles gründlich mit einem Textil-Erfrischer einsprühen, dann würde keine meiner Kundinnen die Nase rümpfen.

Ich zog die Schuhe an und schlüpfte in den leichten Mantel. Munter machte ich mich auf den Weg in die Fußgängerzone, um ein paar Kleinigkeiten einzukaufen und vielleicht einen Kaffee beim Bäcker um die Ecke zu trinken.

Dort trafen sich immer einige nette Leute, die einem Smalltalk nicht abgeneigt waren.

Schließlich durfte ich den Kontakt zu meinen Mitmenschen nicht verlieren, redete ich mir gut zu, auch wenn ich innerlich nur für Funkel brannte und mich schon jetzt nach unserer nächsten Begegnung sehnte.

7.

Am Wochenende fand der monatliche Basar statt, dem ich entgegenfieberte. Es wurden überwiegend Handarbeiten und kleine Basteleien aus der eigenen Produktion des Seniorenzentrums feilgeboten. Selbstverständlich gab es auch Kaffee und Tee mit hausgemachten Keksen, Blechkuchen und wundervoll verzierten Torten.

Unsere Basare waren weithin bekannt und beliebt, weshalb sie regen Zulauf aus der gesamten Region hatten, und wir stets mit guten Geschäften rechnen konnten. Inzwischen gab es schon eine Warteliste für interessierte Senioren, die neu hinzustoßen wollten, um mit einem Verkaufsstand ebenfalls etwas Geld aus ihren unterschiedlichen Hobbies zu ziehen.

Ich hatte meinen Stammplatz in der Nähe der Toiletten bezogen. Hier musste früher oder später jeder einmal vorbei, und so wurde ich darum auch ein bisschen beneidet. Natürlich waren die tibetischen Knüpf- und Webarbeiten besonders auffällig und benötigten diese bevorzugte Präsentation eigentlich überhaupt nicht. Ich war trotzdem dankbar für dieses Glück, welches mich überall wie eine schützende Aura umhüllte, seit ich Funkel kannte.

Heute hatte ich meinen Drachenfreund in der Gestalt des kleinen tönernen Abbildes, welches ich eigenhändig hergestellt hatte, bei mir. Die niedliche Tonfigur stand mitten zwischen den bunten Handarbeiten und schien meine kleine Kiste mit dem Wechselgeld zu bewachen.

Schnell hatten sich einige Damen eingefunden und hielten sogleich die textilen Meisterwerke in Händen, um sie einer genauen Begutachtung zu unterziehen.

Immer wieder musste ich geduldig erklären, dass ich sie nicht selbst herstellte, sondern von Nomaden aus dem Himalaya bezog, die auf das Geld dringend angewiesen waren, um zu überleben. Manchmal erhielt ich sogar Spenden für die bedauernswerten Frauen, die unter sehr schwierigen Bedingungen derartige Kostbarkeiten anfertigten.

Ich war in meinen üblichen kleinen Vortrag vertieft, sodass ich den älteren Herrn, der sich unauffällig unter meine Kundinnen gemischt hatte, nicht bemerkte. Erst als ich endlich alle bedient hatte und das eingenommene Geld in die Kassette legen wollte, sah ich, dass der kleine Funkel nicht mehr an seinem Platz stand.

Panik drohte mich zu ergreifen, und ich blickte entsetzt auf.

Da schaute ich in ein grasgrün funkelndes Augenpaar unter dichten lustigen Brauen. Der Mund im glattrasierten Gesicht war zu einem spöttischen Lächeln verzogen und ließ einen Blick auf sehr gepflegte Zähne zu. Das Haar des Mannes war in einem lang über den breiten Rücken fallenden dunkelgrauen Zopf gezähmt. Er hielt die Tonfigur umklammert und machte tatsächlich Anstalten, sie in die Innentasche seiner schwarzen Lederweste zu stopfen, während er mit selbstbewusster Stimme feststellte: „Der kleine Drache ist gekauft – egal, was Sie dafür haben wollen!"

„Halt! Stopp!" Ich beeilte mich die Sache aufzuklären: „Diese kleine Tonfigur ist nur Dekoration und absolut unverkäuflich." Damit griff ich auch schon zu, um ihm den kleinen Funkel beherzt aus der großen Hand zu reißen.

Es muss ein seltsamer Anblick gewesen sein, wie wir beiden alten Leutchen einige Minuten um diese kleine Tonfigur rangen. Denn der Mann war nicht bereit, so schnell aufzugeben und hielt seinerseits die Finger fest um das Objekt seiner Begierde gekrallt.

Die unvermeidbare Berührung, seiner vor Eifer pulsierenden Hände, sandte seltsame Schauer durch meinen gesamten Körper. Ich versteifte mich und war plötzlich total verstört.

Dann, völlig unvermittelt, erklang sein lautes melodiöses Lachen und ein kleiner Bauch wackelte dabei vergnügt unter der geöffneten Weste. Er reichte mir mit einer höflichen Verbeugung die Figur, die von seiner intensiven Umklammerung so warm geworden war, als sei sie lebendig, und verbeugte sich tatsächlich äußerst galant vor mir.

„Entschuldigen Sie bitte, gnädige Frau, mein Benehmen ist wirklich unverzeihlich! Gestatten Sie, dass ich mich vorstelle, Adalbert Halberstett, mein Name!" Er sah mich herausfordernd an, nahm die Schultern nach hinten und strich sich eine imaginäre Haarsträhne aus der hohen Stirn.

Als ich weiterhin stumm wie ein Fisch, die kleine Tonfigur zitternd umklammernd, vor ihm stand, lächelte er überraschend sanft und fügte mit ebensolcher Stimme hinzu: „Meine Freunde nennen mich Bert. Ich beiße nicht und bin einer Ihrer Kollegen – oder wie nennt man das hier?

Jedenfalls habe ich heute zum ersten Mal einen kleinen Stand mit meinen Bildern. Dort hinten in der Ecke." Er deutete mit dem Finger hinüber zum Buffet.

Automatisch folgten meine Augen der angezeigten Richtung, konnten aber außer der Menschenmenge, die sich vor dem unwiderstehlichen Kuchensortiment drängelte, überhaupt nichts wahrnehmen.

Mein Mund war trocknen wie die Wüste Gobi und beherbergte eine nutzlose Zunge aus Sandpapier, dafür wurden die Hände, die den kleinen Drachen noch immer fest im Griff hatten, allmählich feucht wie zwei Schwämme.

Mir wurde klar, dass ich mich lächerlich machte, wenn ich diesen Herrn Halberstett noch länger nur anstarrte, ohne einen Ton von mir zu geben. Also versuchte ich meinerseits Körperspannung herzustellen und das Gehirn anzuweisen, einen vernünftigen Satz an mein Gegenüber zu richten. Ziemlich krächzend brachte ich schließlich ein paar Töne heraus, die eher wie ein Räuspern klangen. Ich schluckte und dachte an Funkel, damit ich mein Selbstvertrauen zurückgewann.

Da strömten mir plötzlich aus der Richtung des Mannes auf telepathischem Wege Informationen zu.

Ich fühlte, dass er Mitleid mir hatte und mich ganz offensichtlich sympathisch fand. Und seine Gedanken kreisten um Drachen, in allen Farben schillernde lebendige Drachen. Er liebte Drachen genau wie ich selbst!

Ich riss ungläubig die Augen auf und fand ganz spontan meine Sprache wieder: „Der kleine Drache ist eine Erinnerung und deshalb unverkäuflich. Es tut mir leid."

„Das muss es nicht. Wirklich! Ist schon gut. Ich wollte Sie nicht so überfallen. Das ist sonst gar nicht meine Art. Sie müssen mir glauben, dass ich mich meistens wie ein Gentleman zu benehmen weiß. Sehen Sie mir diese einmalige Entgleisung bitte nach. Diese Tonfigur ist aber auch zu niedlich und wirkt so lebendig. Glauben Sie mir, ich weiß wovon ich rede!"

Er betrachtete mich nun mit einem freundlichen Blick, der einer gewissen Neugierde nicht entbehrte, wobei er seine Lider etwas über das leuchtende Grün der Augen senkte, sodass sie zu Schlitzen wurden. Gleichzeitig sandte er wieder unzählige Bilder von Drachen auf direktem Wege in meinen Geist.

„Ist schon vergessen", stotterte ich eine Spur zu hastig. Ich fühlte mich höchst verunsichert und wollte eigentlich in diesem Moment lieber allein sein.

Da trat zu meiner Rettung eine weitere Kundin an den Stand und stellte mir sofort einige Fragen zu den Handarbeiten. Ich wandte mich ihr sehr erleichtert zu und hoffte inständig, wieder vollkommen professionell zu wirken. Aus dem Augenwinkel sah ich noch, wie Herr Halberstett mit hängenden Schultern scheinbar enttäuscht von dannen zog und in der Menschenmenge untertauchte.

So sehr diese seltsame Begegnung mich innerlich aufwühlte, weil sie viele Fragen in meinem Hinterkopf zurückließ, hatte ich vorerst nicht die Muße, mich allzu lange mit der neuen Bekanntschaft zu beschäftigen. Mein aufregendes Leben mit Funkel ging weiter und stellte mich jeden Tag vor neue Herausforderungen.

8.

Nach dem Wochenende musste ich die einge-
nommenen Euro in Dollar umtauschen. Ich rundete stets soweit auf, dass ich ganze Dollarnoten
erwerben konnte. In der Sparkasse kannte man
mich schon. Die nette Bankangestellte vermutete, dass ich Kinder in Amerika hätte und das Geld
dorthin schicken wollte. Ich ließ sie einfach in
dem Glauben, da sie die Wahrheit sowieso nicht
verstehen würde und verabschiedete mich
freundlich, nachdem ich die Dollars ordentlich in
meiner Handtasche verstaut hatte.

Wann wir wieder in den Himalaya fliegen würden, wusste ich nicht. Funkel bestimmte diese
Reisen jeweils nach seiner Intuition, oder er hatte eventuell Kenntnisse über diese Menschen,
die mir verborgen blieben.

Ich hatte mich in der vergangenen Nacht mit
Schlaflosigkeit unruhig in meinem Bett herum-
geworfen und über mein Verhältnis zu meinem
einzigen Sohn gegrübelt.

Es wirkte auf mich nicht so, als ob er und seine Shopping-Queen Vanessa jemals gemeinsame Kinder bekommen würden. Wofür hatte ich all die Mühe und die Sorge um mein Kind auf mich genommen, wenn unsere Linie nun mit ihm endgültig ausstarb? Meine Gene und die meines lieben Verstorbenen würden in der Zukunft nicht mehr existieren.

Das machte mich gewaltig traurig. Und so hatte ich die Nachttischlampe eingeschaltet, damit ich der Fotografie meines Mannes in die Augen blicken konnte. Dann führte ich ein langes Gespräch mit ihm. Auch wenn sich das seltsam anhört, aber Erich antwortete direkt in meinen Geist. Ich glaubte beinahe seine Stimme zu hören.

Was hat eine alte Frau in einer schlaflosen Nacht nicht alles für Hirngespinste!

Jetzt am helllichten Tag sah die Sache schon wieder ein wenig harmloser aus. Dennoch beschäftigte mich die leidige Omafrage weiterhin. So suchte ich Kontakt zu meinem lieben Drachenfreund und berichtete ihm mental von meiner Sorge.

Funkel nahm sehr geduldig mein Gejammer in sich auf und schlug mir ganz spontan vor, in die

Zukunft zu reisen, um einen Blick auf die Situation meines Sohnes in einigen Jahren zu werfen.

Auch wenn ich mir dabei fast vorkam, wie eine hinterhältige Spionin, konnte ich diesen interessanten Vorschlag schlecht ablehnen. Also trafen der Drache und ich uns am geheimen Treffpunkt, um meinen ersten Trip in die Zukunft zu unternehmen.

Wir überlegten vorab gemeinsam, welcher Zeitpunkt wohl der geeignetste für eine solch indiskrete Beobachtung sein könnte. Ich dachte eine ganze Weile nach. Detlef war ja keine Frau, also wurden seiner möglichen Vaterschaft nicht unbedingt altersmäßige Grenzen gesetzt.

Es wäre ja denkbar, dass er auch mit einer jüngeren Frau in späteren Jahren Kinder bekommen konnte. Oder er konnte natürlich auch eine Geliebte schwängern, vielleicht sogar mehrere. Ich wurde bei diesen Überlegungen, die mich zugegebener Maßen, wegen ihrer Intimität, eigentlich nichts angingen, schon wieder etwas optimistischer, was den Fortbestand meiner Gene anging.

„Vorsichtshalber würde ich gern so zwanzig Jahre in die Zukunft reisen, um mein potentielles Enkelkind auch wirklich einmal zu sehen. Ich weiß ja nicht, ob er es schafft eines zu zeugen, und es ist auch keineswegs sicher, dass ich dann noch lebe", gab ich Funkel zu verstehen. Er schnaubte zustimmend und wiegte seinen großen glänzenden Kopf mehrmals hin und her, als denke er nach.

„Wie stellen wir das überhaupt an, ihn ausfindig zu machen? Wir wissen doch nicht, ob Detlef und Vanessa dann noch in Berlin leben." Ich streichelte den grünen Drachenhals, um mich selber zu beruhigen. Denn die ganze Angelegenheit regte mich inzwischen mehr auf, als mir gut tat.

Funkel schnaubte wieder und ließ ein paar winzige Schwefelwölkchen durch seine feuchten Nüstern entweichen.

„Lass das mal meine Sorge sein, Klara! Für die Organisation der Reise bin noch immer ich zuständig. Deine innere Verbindung zu deinem Sohn wird aber für seine Ortung in der Zukunft wichtig sein. Deshalb möchte ich dich jetzt bitten aufzusteigen und dich ganz intensiv auf deinen Sohn zu konzentrieren." Er sank ins Gras nieder und ich saß in Null-Komma-Nichts auf seinem Rücken, damit wir starten konnten.

Anders als bei unseren bisherigen Reisen, sah ich plötzlich ein Kaleidoskop von Farben und Formen vor meinen Augen. Nach einiger Zeit überforderte mich das grelle Licht so stark, dass ich die Augenlider schließen musste, um mich weiterhin ausschließlich auf Detlef zu konzentrieren.

Da bemerkte ich das dunkle Brummen, was unseren Sprung in die Zukunft begleitete. Mein ganzer Körper begann in diesem Sound mitzuschwingen. Für einen Moment befürchtete ich, die Besinnung zu verlieren. Dann plötzlich, ich hatte jegliches Zeitgefühl verloren, bat mich Funkel, meine Augen wieder zu öffnen.

Ich bemerkte sofort, dass wir aus dem Zwischenzustand in die Zukunft gesprungen sein mussten, denn dies Berlin sah ziemlich verändert aus.

Es gab noch einige prägnante Punkte im Stadtbild, wie den Alexanderplatz mit dem Fernsehturm, der alles überragte. Auch die Siegessäule, umgeben vom Tiergarten, ließ sich gut ausmachen.

Wir flogen ebenso über das Reichtagsgebäude, das mit seiner Glaskuppel im Sonnenschein ein wenig bläulich schimmerte und das altehrwürdige Brandenburger Tor. Ich entdeckte von oben den Olympiapark mit dem weißen eiförmigen Stadion und sah den Berliner Dom mit seinen grünen Kuppeln.

Die Spree und die gewaltige Havel, mit all ihren Verzweigungen, glänzten wie sich windende Schlangen im Sonnenlicht.

Aber direkt unter uns flogen einige kleinere Flugobjekte, wie ich sie noch nie gesehen hatte. Funkel erklärte mir, dass es sich um eine Art Lufttaxi handelte, mit dem gut betuchte Leute sich auf dem schnellsten Weg durch die Stadt transportieren ließen.

Die Stadt selbst wirkte von hier oben viel grüner, als ich sie kannte. Neue Gebäude waren mit besonderen Fassaden ausgestattet, die sie mit erneuerbarer Energie versorgten. Überall gab es begrünte Dächer oder Terrassen. Auch auf den Straßen waren seltsame Fahrzeuge unterwegs, die alle kein Benzin mehr benötigten, wie ich von dem Drachen erfuhr.

Ich war sehr erfreut von der positiven Veränderung der großen Stadt. Sie schien zwar noch um einiges umfangreicher geworden zu sein, wirkte aber wie ein freundlicher Lebensraum auf mich.

Nun hieß es nur noch, meinen Sohn in diesem Wirrwarr zu finden!

„Konzentriere dich wieder, Klara! Du schweifst innerlich ab!", befahl der Drache energisch.

Also versuchte ich mein bestes, um mir Detlef wieder ganz intensiv vorzustellen. Mein treuer Funkel kreiste derweil über Berlin und folgte der Spur meines Herzens.

Plötzlich, wir befanden uns gerade über einem Vorstadtgebiet mit schmucken kleineren Häusern, die alle von schönen gepflegten Gärten umgeben waren, senkte sich der Drache nieder. Er flog jetzt so nah über die Dächer, dass es mir ein wenig schwindlig wurde, weil sie so schnell unter uns dahin sausten.

Schließlich landeten wir in einem Garten, der einen üppigen Pflanzenwuchs aufwies, gleich neben einem kleinen Teich. Es war ein warmer Sommerabend. Noch stand die Sonne am Himmel, aber die Dämmerung würde in nicht allzu langer Zeit hereinbrechen.

Ich musste auf Funkels Rücken sitzen bleiben, damit wir unsichtbar für die Menschen waren und keine Aufmerksamkeit auf uns zogen.

Der Drache bewegte sich vorsichtig durch den Garten, am Teich vorbei auf das Haus zu. Er durfte schließlich keinerlei Spuren hinterlassen. Hinter einigen Fenstern im Haus ging bereits Licht an.

Während Funkel näher schlich, hörten wir das Kläffen eines Hundes. Mir war bekannt, dass Tiere den Drachen manchmal wahrnehmen konnten, weshalb ich mich ein wenig sorgte.

Da sprang die Hintertür des Hauses auf, und ein struppiger kleiner Mischlingshund, mit einem wuscheligen braun gefleckten Fell, sauste bellend auf uns zu. Wie verrückt umkreiste er den mächtigen Drachen und machte Anstalten ihn anzuspringen. Da neigte Funkel seinen Kopf in Richtung des kleinen mutigen Kerlchens, schnaubte friedfertig und stieß dabei drei winzige Schwefelwolken aus, die sacht in den Abendhimmel davon segelten.

Sofort war der kleine Hund ruhig. Er leckte dem Drachen die Krallen und legte sich dann zwischen seinen mächtigen Vorderbeine nieder.

Aus dem Haus hörten wir laute Geräusche. Eine etwas mollige rothaarige Frau mit einer seltsamen Frisur trat auf die Terrasse und rief in den dämmrigen Garten: „Strolchi was bellst du so laut? Du störst wieder die Nachbarn. Los komm schon rein, es wird gleich dunkel!"

Der kleine Hund spitzte kurz die Ohren, bewegte sich aber keinen Zentimeter.

Die Frau wandte sich dann zurück ins angrenzende Zimmer und meinte lachend: „Laura, Strolchi hört wieder nicht auf mich. Kannst du ihn mal reinholen?" Dann ging sie zurück ins Haus.

Also Vanessa war das keinesfalls gewesen, dachte ich sofort. Vielleicht hatten sie ja inzwischen eine Haushälterin?

Aber bevor ich mich weiteren Spekulationen hingeben konnte, hüpfte ein entzückendes junges Mädchen, von etwa zwölf Jahren, aus der Tür auf uns zu. Funkel hob im selben Moment ab und begann über dem Garten zu schweben. Denn wir waren zwar unsichtbar, aber eine Berührung durch andere Wesen, war dennoch möglich.

Das Mädchen rannte auf den kleinen Hund zu, der den schwebenden Funkel mit seinem treuen Hundeblick verfolgte und wieder zu bellen begann.

„Ach, Strolchi, nun mach doch nicht schon wieder solchen Ärger! Immer wenn Matze nicht da ist, machst du Radau. Du weißt doch, dass Papa und Mama dich einsperren, wenn das so weitergeht." Laura nahm den kleinen Strolchi beim Halsband hob ihn dann zärtlich auf ihre Arme. Sie wuschelte ihm durchs Fell und trug ihn zurück auf die Terrasse.

79

Ich sah, dass jemand durch eines der erleuchteten Fenster in den Garten blickte.

Und während sich Laura mit dem kleinen Hund abplagte, der einfach keine Ruhe geben wollte, trat ein Mann nach draußen. Er stand mit dem Rücken zur hellerleuchteten Terrassentür, sodass ich ihn nur schwer erkennen konnte, aber mein Herz tat einen Satz und verriet mir, dass es mein Sohn war. Er besaß nicht mehr das volle Haar, was ihm immer so widerspenstig in Wirbeln vom Kopf gestanden hatte, aber seine Stimme war immer noch die alte.

„Aber Laura, warum lässt du den Hund denn wieder draußen herum kläffen. Du weißt doch — die Nachbarn. Es wird auch schon dunkel!" Er sprach in einem moderaten Ton mit dem schlanken hübschen Mädchen, dass ein bisschen zickig die wunderschönen langen rötlichen Haare nach hinten warf und ihm den Hund spontan in die Arme drückte.

„Da, Papa, hast du den kleinen Streuner! Es ist schließlich Matzes Hund. Und ich kann nichts dafür, dass mein großer Bruder ständig bei einem Freund pennt und sich nicht um sein Tier kümmert." Sie verschwand mit einem sensationellen weiblichen Hüftschwung nach drinnen, nur um eine Sekunde später wieder zu erscheinen und ihrem verdutzten Vater einen dicken Kuss auf die Wange zu drücken.

Als sie sich schließlich alle wieder ins Haus zurückgezogen hatten, ließ mich Funkel von seinem Rücken aus noch einmal durch das Fenster ins Innere spähen. Alles war sehr hell und freundlich eingerichtet. Die Familie schien Zimmerpflanzen zu lieben, deshalb konnte Vanessa nicht hier wohnen. Die hatte Allergien gegen alles und jedes. Die von ihr eingerichtete Wohnung war staubfrei, steril und kalt gewesen.

Ich musste nun glücklich lächeln, als ich die drei um den Abendbrottisch versammelt sah. Sie unterhielten sich angeregt und wirkten wie eine fröhliche Familie. Ein Stuhl am Tisch war frei. Ich reimte mir zusammen, dass dort gewöhnlich Lauras Bruder Matze saß, den ich leider nun nicht kennengelernt hatte. Aber ich war mehr als zufrieden mit meiner zukünftigen Familie und konnte getrost mit Funkel in die Gegenwart zurückkehren.

Auf dem Weg zurück, gingen viele Fragen durch meinen Kopf. Wie war es überhaupt möglich in die Zukunft einzutauchen? War denn etwa unser ganzes Leben vorbestimmt? Wo blieb dann unsere persönliche Freiheit?

Funkel versuchte, wie gewöhnlich, Licht ins Dunkel zu bringen, indem er mir auf seine bildhafte Weise die Dinge erklärte. Leicht zu verstehen war es trotzdem für mich nicht.

Aus den wie bunte Seifenblasen schillernden telepathischen Informationen reimte ich mir letztendlich meine Erklärung zusammen:

Im Grunde war es nur eine Illusion, wie wir Menschen die Welt und das Leben sahen. In der Wirklichkeit existierte überhaupt keine Zeit, sondern alles geschah gleichzeitig, fortwährend und außerdem in verschiedenen Dimensionen. Ich hatte nur einen kleinen Blick in eine mögliche Entwicklung der Dinge getan, stark beeinflusst von meinen geheimen Wünschen.

Das Leben eines Menschen konnte ich mir in etwa vorstellen, wie eine Art Baum. Aus den Wurzeln ragte der Stamm empor, und sobald er sich begann zu verzweigen, wählte der erwachsene Mensch, mit seinen freien Entscheidungen, jeweils den Ast, auf dem er voranschritt.

Jede Gabelung erforderte eine neue Wahl. Immer weiter strebte der Mensch der Krone des

Lebensbaumes entgegen. Und je höher er gelangte, umso weniger Entscheidungsmöglichkeiten blieben ihm.

Irgendwann befand er sich definitiv auf dem letzten Ast, der sich nur noch in die allerletzten Zweiglein gabelte. Da es niemals ein Zurück gab, erreichte er mit dem Ende des letzten Zweiges auch sein Lebensende.

Ich konnte diesem Bild einiges abgewinnen. Dort besaßen wir Menschen zwar einen begrenzten Entscheidungsbaum, der in gewisser Weise den Rahmen für das eigene Leben vorgab, hatten aber trotzdem vielfältige individuelle Möglichkeiten voranzuschreiten, das Leben zu gestalten und es zu erkunden.

Eine freie Entscheidung konnte vielleicht eine lange glückliche Existenz nach sich ziehen, eine andere, Krankheit oder frühen Tod.

Gut, dass die Blätter den Wipfel des Baumes geheimnisvoll verhüllten und uns der Blick in die Zukunft für gewöhnlich ebenso versperrt war!

Damit hatte mir Funkel für vieles, was in meinem Leben Fragen aufwarf, eine mögliche Erläuterung geliefert, die endlich mit der ewigen Schuldzuweisung an den Schöpfer Schluss machte.

Mit mir und der Welt im Reinen, fand ich an diesem Abend schnell in einen erholsamen sehr friedlichen Schlummer.

9.

Bereits am nächsten Tag holte mich mein Drache überraschend zu einer Stippvisite in die Vergangenheit ab. Ich hatte ihm schon lange zu verstehen gegeben, dass mich vor allem einmal die Zeit interessiere, in der Jesus gelebt habe.

Mit großem Wissensdurst verfolgte ich entsprechende populärwissenschaftliche Sendungen im Fernsehen und sah mir auch einige bekannte Spielfilme dazu an. Vieles warf bei mir Fragen auf, und ich hoffte auf ein unmittelbares Verständnis, wenn ich mir selbst einen kleinen Eindruck von der Zeit, sowie von Land und Leuten verschaffen könnte.

Es würde eine sehr anstrengende Unternehmung werden, und Funkel müsste wieder, während der gesamten Reise, seinen Schutzschild aufrechterhalten, damit wir keine unerlaubten Verwirrungen in der Vergangenheit anzettelten.

Aber weil ich den Sprung in die Zukunft sehr gut verkraftet hatte, sah ich dem neuen Abenteuer angstfrei entgegen.

Meinen roten Rucksack hatte ich mit den wichtigsten Dingen bestückt, die ich zum Überleben zu benötigen glaubte und kuschelte mich vertrauensvoll an den starken Drachenrücken, während die fantastische Reise durch die Dimensionen losging.

Ich hatte nicht das Gefühl, dass wir sehr lange unterwegs waren, aber mein Körper empfand eine seltsame Schwere. Auch im Kopf stellte sich der erwartete unangenehme Druck ein.

Die Sinneseindrücke waren sonst auf der Reise eher mager. Hier und da bemerkte ich seltsam flimmernde Lichterscheinungen in dem uns umhüllenden Dunkel. Durch den Schutzschild spürte ich keinerlei Temperaturunterschiede. Das war mir bei allen unseren Reisen schon angenehm aufgefallen, denn die Orte, die ich mit Funkel bereiste, waren manchmal geradezu unwirtlich.

Wir landeten diesmal in einer eher kargen Gegend am Rande einer Wüste. Etwas entfernt schien es einige Dörfer zu geben. Genau vor uns entdeckte ich einen gemauerten Brunnen, der von einigen unansehnlichen Bäumen und stacheligen Sträuchern umringt wurde. Ein Trampelpfad führte in die nächstliegende Ansiedlung.

In Sichtweite weideten Ziegen in der trostlosen Landschaft. Sie ließen ein wehleidiges Meckern hören, als der Drache sich vorsichtig auf den Brunnen zu bewegte.

Ich saß noch immer auf seinem Rücken, da ich nur so vor menschlichen Blicken geschützt war und gleichzeitig eine wunderbare Rundumsicht genießen konnte. Der Sand der Wüste wehte durch die Luft, die Sonne brannte erbarmungslos, und ich war froh, diesem unwirtlichen Klima nicht schutzlos ausgesetzt zu sein.

Funkel war offenbar durstig und schritt weiter voran, um sich aus dem willkommenen Brunnen zu bedienen. Ich nahm während dessen lieber einen Schluck aus meiner Wasserflasche. Schließlich konnte ich nicht wissen, wie sauber das Brunnenwasser vor über zweitausend Jahren war. Die damaligen Menschen waren bestimmt viel robuster gewesen, als ich alte verweichlichte Frau aus der Neuzeit.

Plötzlich glaubte ich ein leises Wimmern zu vernehmen. Ich war gerade im Begriff meine Wasserflasche zurück in den Rucksack zu packen. Dabei musste ich mein Gleichgewicht auf dem leicht schwankenden Drachen geschickt halten. Da ich mich ein ziemliches Stück vom Boden entfernt wusste, achtete ich genau auf jede Bewegung. Darin hatte ich inzwischen soviel Übung, dass sich der Rucksack mit dem weißen Flügelpaar im Handumdrehen wieder an Ort und Stelle befand.

Abermals lauschte ich angestrengt, um das zarte Geräusch zwischen dem Meckern der Ziegen ausmachen zu können. Funkel hingegen hatte die Witterung des Wassers aufgenommen. Während er seinen langen beweglichen Hals in Richtung der Brunnenöffnung senkte, nahm ich eine Bewegung hinter einem der Büsche wahr.

Ich landete   bäuchlings auf dem staubigen Grund, bevor Funkel es bemerkte. Im ersten Schreckmoment fuhr mir das heiße Wüstenklima in die Glieder. Ich fühlte mich wie aus einem vollklimatisierten Raum in eine Sauna katapultiert.

Mein Freund schnaubte alarmiert in den Brunnenschacht, und es quoll ein donnerndes Echo zwischen den Steinen hervor. Wasserperlen spritzten wie eine Fontäne am Drachenhals vorbei und flimmerten in allen Farben des Regenbogens.

Die Ziegen stoben erschreckt auseinander, und ein feingliedriges Mädchen mit verweinten Augen schnellte panisch hinter dem Busch hervor. Sie schien zu glauben, dass der ohrenbetäubende Lärm und die unwirklich glitzernde Wasserfontäne, auf meine Rechnung gingen, denn den Drachen konnte sie ja glücklicherweise nicht sehen.

Um sie nicht noch mehr zu erschrecken, rappelte ich mich, so schnell es mir möglich war, vom Boden auf, lächelte sie freundlich an und klopfte mir mit beiden Händen die staubige Kleidung ab. Sie stand nur starr dort und machte große ungläubige Augen. Ihr bunter Schleier war ein wenig zur Seite gerutscht und unter ihrem leichten Gewand zeichnete sich ein kleiner Schwangerschaftsbauch ab.

Sie konnte kaum den Kinderschuhen entwachsen sein. Aber so wenig wie sie Schuhe trug, hatte sie wahrscheinlich ein Recht auf eine unbeschwerte Kindheit gehabt. Ich fühlte, wie ich traurig wurde. Da stupste mich Funkel mit seiner sanften Nase an, um mich zu trösten. Er bat mich wieder aufzusteigen, damit wir das Mädchen nicht noch mehr erschreckten.

Aber in dem Moment, als ich der Kleinen den Rücken mit meinem seltsamen Rucksack zuwandte, fiel sie laut lamentierend zu Boden. Ich machte einige zaghafte Schritte auf sie zu und blieb dann unsicher vor ihr stehen.

Sie erhob die Arme gen Himmel und schien Gebete in einer mir unverständlichen Sprache zu deklamieren. Es hörte sich an, wie ein seltsamer Singsang. Funkel erklärte, dass sie mich für eine Art Göttin halte, und ich solle sofort wieder aufsitzen, um nicht noch mehr Unheil anzurichten. Sein Drängen enthielt einen leichten Anflug von Unmut, was ich bislang noch nie bei ihm gespürt hatte.

Ich zögerte trotzdem. Ein seltsam zartes Gefühl für dieses Mädchen aus der Vergangenheit hatte mich ergriffen. Sie trug bereits ein Kind unter dem Herzen. Und in einigen Monaten musste sie die Verantwortung dafür übernehmen, in diesen schwierigen Zeiten und in einer unwirtlichen Gegend, wo schon der Kampf ums Überleben viele überforderte.

Ich näherte mich sanft der Betenden und legte zart meine Hand auf ihren Kopf mit dem Schleier, der durch den Kniefall ihr verklärtes Gesicht fast ganz bedeckte. Ein Blick ihrer klugen dunklen Augen, die mich voll Scheu und doch so bewundernd anblickten, ließ mich eine tiefe Dankbarkeit für diesen Moment und genauso große Verunsicherung empfinden. Als sie meine Hand ergriff und küsste, konnte ich die aufsteigenden Tränen nicht mehr zurückhalten.

Abrupt entzog ich mich ihren warmen weichen Lippen und wandte mich meinem Dachenfreund zu. Mit etwas Unterstützung saß ich augenblicklich wieder sicher auf seinem Rücken und wurde durch den Schutzschild dem hilflosen Blick der jungen Frau entzogen.

Sie erhob sich nur zögerlich aus dem Staub, wischte mit der zarten Hand über ihre Augen und sah dann erstaunt in alle vier Himmelsrichtungen. Nach einer Weile schien sie sich zu besinnen, ergriff wie in Trance das Seil des Brunnens und zog mit ganzem Körpereinsatz daran, um endlich Wasser zu schöpfen.

Da hob Funkel so unvermittelt ab, dass ich mich unwillkürlich an ihm festkrallte. Unter mir wurde die Szene immer kleiner und unwirklicher. Schon Sekunden später konnte ich nur noch flimmernde Wüste erkennen.

Nach diesem ungeplanten Zwischenfall war Funkel ziemlich still geworden. Er flog mit mir nur noch in sicherer Entfernung über einige größere Städte und verstreute Siedlungen. Ich konnte von oben bunte orientalische Märkte mit drängelnden Menschen erkennen, die wie ein vielfarbiges Meer hin- und her wogten. Die größeren Gebäude waren prächtig anzusehen. Einige hatten wundervoll bepflanzte Innenhöfe. In einer Art Arena am Stadtrand kämpften Menschen miteinander. Ob es sich um sportliches Training oder um blutige Auseinandersetzungen handelte, konnte ich nicht erkennen. Als ich Funkel bat, etwas tiefer hinab zu manövrieren, schnaubte er nur unwillig und stieß eine kleine Schwefelwolke aus, die sich aber schnell im Blau des Himmels verlor.

Danach flog er in immer kleineren Kreisen der Sonne entgegen, und ehe ich mich versah, befanden wir uns in jener Zwischenwelt, die weder Form noch Farbe hatte. Ich fühlte jede Zelle meines alten Körpers schmerzhaft protestieren und verlor die Besinnung.

10.

Als ich in meinem Bett zu mir kam, dämmerte bereits der Morgen. Die leichte Gardine wehte am offenen Fenster, und mir war kühl, obwohl ich in voller Montur zwischen den weichen Kissen lag. Der erste Versuch mich zu bewegen, löste einen dröhnenden Kopfschmerz aus, so dass ich ein Kissen über mein Gesicht zog. Nur langsam kam die Erinnerung zurück und mit ihr ein Gefühl von körperlicher Zerrissenheit. Möglicherweise war irgendetwas bei dem Sprung in die Vergangenheit, und wieder zurück, in mir kaputtgegangen und nicht wieder richtig zusammengefügt worden.

Mit vorsichtigen Bewegungen, um die Schmerzen nicht noch zu verstärken, befreite ich mich von dem albernen Rucksack und schleuderte ihn wütend neben das Bett. Danach wurde ich wahrscheinlich erneut ohnmächtig, denn es war heller Tag, als ich endlich soweit wieder hergestellt war, dass ich mir die Schuhe und die staubigen Sachen ausziehen konnte.

In der Küche trank ich ein großes Glas Wasser angereichert mit Schmerztropfen. Dann wankte ich unter die Dusche. Nur langsam ließen die Schmerzen etwas nach. Als ich ins Schlafzimmer zurück schlurfte, sah ich die Bescherung. Ich musste das Bett ausschütteln, weil es voll Sand und Staub war. Das Innere der Schuhe hatte kleine Häufchen auf dem Bettvorleger hinterlassen.

Ob dieser Schmutz aus der Vergangenheit in unserer Gegenwart Unheil anrichten konnte, fragte ich mich, während ich den Staubsauger neben dem Schrank hervorholte. Am besten ich beseitigte alles schnell und warf den Staubbeutel gleich in den Müllcontainer!

Aber erst mal sank ich wieder erschöpft in meinen gemütlichen Sessel. Und es dauerte noch zwei geschlagene Stunden, ehe ich mich stark genug fühlte, das Staubsaugergeräusch zu ertragen.

Danach landete ich nochmals im Bett, um dann zum Abendbrot, nach einer weiteren Portion Schmerzmitteln, endlich eine Kleinigkeit in meinen leeren Magen zu würgen. Die Nacht war im Anschluss sehr ruhig und vollkommen traumlos.

Statt am nächsten Morgen jedoch erholt und frisch aufzuwachen, ging das Kopfschmerzdrama weiter.

Fast eine Woche kämpfte ich gegen das Unwohlsein. Ich lag meist auf meinem Bett und versuchte mich nicht zu bewegen. Verstehen konnte ich nicht, warum ich so viele Stunden in Lethargie zubrachte. Innerlich fühlte ich mich vollkommen hohl, und wenn jemand mir gesagt hätte, dass mein Ende nun gekommen sei, hätte ich das freundlich begrüßt.

Eines wurde mir in dieser Leidensphase vollkommen klar: Ich würde niemals mehr den Wunsch äußern, mit Funkel in die Vergangenheit zu reisen!

Mein geliebter Drache hielt sich still und fern von mir, während ich schweigend litt. Das verstärkte noch mein Gefühl von Trostlosigkeit. Unter den Menschen konnte ich indessen niemandem mein Leid klagen. Wer hätte meine Situation schon verstanden?

Schließlich endete der pulsierende Schmerz in meinem Inneren genau so plötzlich, wie er gekommen war. Ich konnte von einer Minute zur anderen wieder Freude fühlen und ganz normal am Leben teilnehmen.

So gönnte ich mir einen Besuch beim Friseur und kaufte ein paar leckere Sachen ein. Mein Gesicht sah durch die tagelange Tortur, und die damit verbundene Appetitlosigkeit, eingefallen und grau aus. Das musste schnell geändert werden. Immerhin gefiel es mir ausgesprochen gut, morgens im Spiegel ein ausgeglichenes fröhliches Wesen zu begrüßen. Darauf wollte ich, solange noch ein Fünkchen Leben in mir war, nicht mehr verzichten, das hatte ich mir geschworen.

Also kochte ich mir was Kulinarisches und machte mich wieder täglich hübsch zurecht. Auch an den vielen Aktivitäten in der Senioreneinrichtung nahm ich aufgeschlossen teil. Es gefiel mir nicht alles gleich gut, aber die Fitnessangebote brachten große Vorteile, und der tägliche Kontakt zu anderen Menschen, sensibilisierte mich für die Anforderungen des Alltages.

Wenn ich an Funkel dachte, hüpfte mein altes Herz noch immer in der Brust und wollte Purzelbäume schlagen, aber ich wagte nicht, nach ihm zu rufen. Sollte er sich doch selbst bei mir melden. Er hatte sich ja schließlich lange nicht um mein Wohlbefinden gekümmert, obwohl es mir ausgesprochen schlecht ergangen war.

Mein Sohn hatte sich glücklicherweise an sein Versprechen beziehungsweise seine Drohung, mich öfter anzurufen, nicht gehalten. So musste ich mich nicht verstellen und konnte mein Leben weiterhin bestreiten, wie es mir passte.

Eines Nachmittags, ich saß beim Bäcker um die Ecke, auf eine Tasse Kaffee mit einem leckeren frischen Berliner, und hing meinen Gedanken nach, trat Herr Halberstett durch die aufdringlich bimmelnde Glastür.

Das kleine Café bestand nur aus vier Tischen und war so leer, dass ich mich hinter niemandem verstecken konnte. Er sah mich, schien leicht verlegen zu werden, straffte die Schultern und schritt dann energisch auf meinen kleinen Tisch in der Ecke zu.

„Guten Tag, gnädige Frau! Welch eine wundervolle Überraschung, Sie hier zu treffen!" Er verneigte sich, und weil ich ihm nicht die Hand reichte, sondern mich verstört an meiner Kaffeetasse festhielt, stand er einen Moment unschlüssig da.

Ich wollte nicht unhöflich sein, zumal er eigentlich ganz nett und freundlich wirkte. Also zwang ich mich, meine Grübelei über Funkel lächend zurückzudrängen, und grüßte mit einem Nicken.

„Haben Sie etwas dagegen, wenn ich mir auch einen Kaffee hole und mich zu Ihnen setze? Ich hoffe, ich wirke nicht wieder unverschämt auf Sie?" Er umklammerte, nun seinerseits etwas unsicher, die Lehne des ihm am nächsten stehenden Stuhles.

„Ich habe nicht unbedingt was gegen ein bisschen Gesellschaft, und dieser Stuhl ist noch frei", antwortete ich mit einem Zwinkern und vielleicht eine Spur zu keck, denn eigentlich zitterten mir schon wieder die Hände. Er wandte sich glücklicherweise sofort sehr erleichtert der Verkäuferin hinter dem Tresen zu und bestellte einen Becher Kaffee. Das gab mir Gelegenheit, mich etwas zu fangen und den klebrigen Berliner schnell zu verspeisen.

Während ich noch meine Hände an der Serviette abrieb, jonglierte Herr Halberstett bereits mit seinem randvollen Kaffeebecher auf meinen Tisch zu. Er lächelte etwas verkrampft, aber seine Augen strahlten dabei unwiderstehlich.

Heute trug er nicht die Lederweste, sondern eine sportliche Kombination von einer etwas dunkleren Hose mit einem beigen Jackett. Ein leichter Schal, der stilmäßig gut passte und im dezenten Muster die Farbe seiner Augen aufgriff, rundete das angenehme Gesamtbild ab. Das kräftige lange Haar war wieder ordentlich zusammengehalten.

Insgesamt gefiel mir, was ich sah.

Der Herr hatte eine gepflegte Erscheinung und konnte genauso gut als Künstler wie als Heiratsschwindler durchgehen. Immerhin schien er einen Stand mit Bildern auf unserem Basar gehabt zu haben. Auch wenn ich nicht die Gelegenheit bekam, ihn selbst in Augenschein zu nehmen, wollte ich gern an seine Ehrlichkeit glauben. Seine Aura zeugte von Kraft, Bodenständigkeit und einigem Selbstvertrauen.

Für einen kleinen Moment strömten mir wieder telepathische Informationen zu. Da mich das aber verunsicherte, blockte ich schnell ab und trank einen Schluck Kaffee. Nach ein paar Minuten der beiderseitigen Verlegenheit, ergriff Herr Halberstett das Wort, und es wurde für mich eine interessante und sehr unterhaltsame Stunde mit ihm. Er erzählte mir von seinen Bildern und ein wenig aus seinem Leben, ohne mir indiskrete Fragen zu stellen.

Um uns herum füllten sich allmählich die anderen Tische, ohne dass ich es überhaupt bemerkt hätte. Zum Schluss war ich ziemlich entspannt und bestens über meinen neuen Bekannten informiert. Er machte bei meinem Aufbruch einen enttäuschten Eindruck und lud mich freundlich ein, sein Atelier zu besuchen, um mir seine Werke anzusehen. Dabei betonte er zum wiederholten Male, dass er seine Kunst immer nur als Hobby ausgeübt habe.

Ich wusste bereits, dass er, als Ingenieur für ein großes Unternehmen, früher die ganze Welt kennengelernt hatte. Wahrscheinlich war er in der Lage, mich mehrere Tage ohne Unterbrechung mit interessanten Geschichten zu unterhalten. Nicht die schlechteste Eigenschaft für einen Mann, dachte ich und verließ die Bäckerei mit einem Schmunzeln.

11.

In der darauffolgenden Nacht hatte ich einen seltsamen Traum.

Auf Funkels Rücken schaute ich einem Duell zwischen Herrn Halberstett und meinem verstorbenen Mann zu.

Es war eine wirklich blutige Angelegenheit, die in einer römischen Arena ausgetragen wurde. Krachend schlugen die Waffen gegeneinander, und ringsherum grölten die aufgepeitschten Massen.

Ich bat Funkel inständig, dem Gemetzel ein Ende zu bereiten und hielt mir abwechselnd die Augen oder die Ohren zu. Mir war nicht klar, dass ich träumte. Ich verstand auch nicht, warum Funkel so unzugänglich war und nicht reagierte. Die beiden Männer bluteten aus mehreren gefährlichen Wunden. Herr Halberstett erhob gerade das Schwert, um meinem Mann den linken Arm abzuhacken.

Da wandte mir der Drache seinen edlen Kopf zu und redete zum ersten Mal laut. Seine gespaltene Zunge fuhr dabei unentwegt durch die gewal-
101

tigen Zähne, seine Augen fixierten mich mit einem eiskalten Glitzern, und seine Stimme klang grollend wie Donner: „Klara, ich sage das jetzt nur einmal! Dies ist deine Strafe für den unerlaubten Eingriff in die Geschichte. Die Menschheit benötigt keinen zweiten Jesus!" Dann stieß er eine Schwefelwolke aus und schüttelte mich rüde von seinem Rücken.

Ich fiel in unendliche Tiefen. Mein Magen füllte sich mit einem furchterregenden Kribbeln, und was noch beängstigender war, ich erkannte meinen geliebten Funkel in diesem Ungeheuer nicht wieder. Geschweige denn, dass ich eine Ahnung hatte, wovon er sprach.

Als ich erwachte, zitterte ich wie Espenlaub. Mein Bett war total zerwühlt und mein Nachthemd durchgeschwitzt. Durch das gekippte Schlafzimmerfenster blickte der fast volle Mond, und die leichten Gardinen flatterten im Wind wie Gespenster.

Instinktiv griff ich nach dem Wasserglas, das immer auf meinem Nachttisch stand und versuchte einen Schluck zu trinken. Aber das Glas klapperte gegen meine Zähne, und ich verschüttete die Hälfte. Nun musste ich auch noch den Boden aufwischen und mir ein frisches Nachthemd holen. Erst als ich das Licht einschaltete, kam ich langsam zu mir und realisierte, dass es sich lediglich um einen Albtraum gehandelt hatte.

Ich hangelte nach dem Bild meines lieben Verstorbenen, das vom Nachttisch gefallen war und putzte es mit dem Zipfel meines Nachthemdes trocken. Mein Mann, von allem unberührt, schaute mich indessen genauso freundlich an, wie immer. Nachdenklich hielt ich das gerahmte Foto in der Hand und sprach mit ihm, so wie ich es vor meiner Begegnung mit Funkel regelmäßig gemacht hatte.

„Nimmst du mir übel, dass ich wieder am Leben teilnehme? Es heißt nicht, dass ich die Zeit mit dir vergessen habe, mein Schatz. Aber wenn ich dir noch nicht folgen kann, muss ich eben hier weitermachen. Es fällt mir schwer genug und ich hoffe nur, dass es nicht in einem Desaster endet. Hilf mir, wenn du dazu in der Lage bist, mein Liebster!" Dann drückte ich einen verzweifelten Kuss auf das glatte kühle Glas über den unentwegt lächelnden Lippen.

Nachdem ich wieder Ordnung in meinem Schlafzimmer hergestellt hatte, trank ich zur Beruhigung eine Tasse warmen Kakao. Dann kuschelte ich mich in mein Bett und las einige Seiten in dem seichten Frauenroman, der für Anfälle von Schlaflosigkeit in meiner Nachttischschublade deponiert war.

Ich musste tatsächlich ein bisschen lachen, weil die Frau in dem Roman so furchtbar planlos wirkte. Glücklicherweise schlief ich nach einer Weile ohne weitere Träume bis zum nächsten Morgen.

Der beunruhigende Traum aus der Nacht beschäftigte mich noch eine Weile, während ich mechanisch meine Morgentoilette erledigte und mir Frühstück machte. Als ich jedoch die Zeitung aufschlug, prangte dort ein großes Foto von Herrn Halberstett mit einigen seiner Bilder im Hintergrund. Er lächelte unwiderstehlich. Ein großer schicker Hut kleidete ihn hervorragend und passte ausgezeichnet zu seinem Outfit als Künstler.

Verlegen ertappte ich mich dabei, dass ich das Foto unentwegt anstarrte, während ich mich glücklich schätzte, diesen beeindruckenden Mann persönlich zu kennen. Ich hatte mich nie auf derartige Weise für das andere Geschlecht interessiert, seit mein Verstorbener und ich verheiratet waren. Selbst nach seinem Tod wäre mir nicht in den Sinn gekommen, mit anderen Männern auszugehen oder nur zu reden. Ich war diesbezüglich verschlossen wie eine Auster.

Jetzt klopfte mein Herz plötzlich bis zum Hals und mir stieg das Blut in die Wangen. Alles, was ich als junge Frau empfunden hatte, war mit einem Mal wieder da. Und es war viel intensiver, als damals. Ich zitterte vor Aufregung, und mein Herz schlug Purzelbäume. Gleichzeitig beschämte es mich, dass ich solche Gefühle für meinen Mann nie gehabt hatte.

Wir hatten eine ruhige verlässliche Ehe geführt, mit Geduld und Toleranz füreinander. Leidenschaft hätte uns eher beunruhigt. Sie passte nicht zu dieser liebevollen Versorgungseinrichtung.

Als Backfisch oder Teenager, wie man das heute sagen würde, hatte ich große Gefühle erlebt. Damals war ich in einen Nachbarsjungen verschossen gewesen. Es war eine sehnsuchtsvolle Verliebtheit, die keine Aussicht auf Erfüllung hatte, da der junge Mann um einiges älter war und keinen Blick an mich verschwendete.

Jeden Tag hatte ich ihn hinter der Gardine meines Kinderzimmerfensters belauert, wenn er von der Arbeit nach Hause kam. Er war so groß und geschmeidig, wie er von seinem Motorrad stieg und es mit starken Armen aufbockte. Seine schwarzen Locken ließen sich nur schwer bändigen und rutschten ständig in seine Stirn, von wo er sie mit einer kleinen ärgerlichen aber unwiderstehlichen Geste zurückstrich. Ich liebte seine schmale gerade Nase und seine vollen Lippen, die wenn er lachte einen etwas schiefen Schneidezahn freilegten. Immer war er sportlich gekleidet, und ich erinnerte mich, dass er in der Freizeit Fußball gespielt hatte.

Während ich Herrn Halberstetts Foto nicht aus den Augen ließ, setzte sich als Schleier darüber das Portrait meiner Jugendliebe, und ich schwelgte in längst verschüttet geglaubten Erinnerungen.

Einmal hatte ich mich am Wochenende zu einem Fußballspiel geschlichen, wo ich ihn mit offenem Mund über beide Halbzeiten beobachtete, ohne die Kälte zu spüren, die von unten in mir hochkroch. Als ich schließlich mit hochrotem Kopf und fast erfroren zuhause auftauchte, hatte meine Mutter mir eine fürchterliche Szene gemacht. Eine Woche lang musste ich eine hartnäckige fieberhafte Erkältung auskurieren, was meiner Liebe aber keinen Abbruch tat.

Ich begann alle Fußballbegriffe zu lernen, obwohl mir das nicht leicht fiel, vor allem bei der Abseitsregel. Und in jeder ungestörten Minute, träumte ich von meiner rosigen Zukunft als Fußballbraut.

Wahrscheinlich hätte mein späterer Mann keinerlei Chancen bei mir gehabt, wenn diese Schwärmerei nicht vorher durch eine brutale Ernüchterung beendet worden wäre.

Der junge Mann, der übrigens Michael hieß, brachte eines Tages eine langbeinige vollbusige Blondine auf seinem Motorrad mit. Beinahe wäre ich an meinem Stammplatz, hinter der Gardine, vom Stuhl gekippt und ohnmächtig geworden. Aber so barmherzig war mein Schicksal nicht! Der Schmerz und die Enttäuschung über diesen furchtbaren Verlust, hielten mich mehrere Monate im Griff, zumal ich der Konfrontation mit Michael und seiner Göttin, durch die nachbarschaftliche Nähe, nicht entgehen konnte.

Ich fühlte mich elend, hässlich und in jeder Beziehung unzulänglich. Meine schulischen Leistungen ließen nach. Dauernd standen Tränen in meinen Augen. Meine Mutter meldete mich schließlich in einem Tanzkurs an, damit ich auf andere Gedanken kommen sollte.

Dort lernte ich meinen Mann kennen.

Er war um einiges älter als ich und nur zufällig mit einem jüngeren Freund in diesem Schülerkurs gelandet. Er gab mir durch seine Wertschätzung im Laufe der Zeit alles zurück, was ich verloren zu haben glaubte, und dafür liebte ich ihn schließlich auf eine ruhige verlässliche Weise.

12.

Funkel meldete sich eines Morgens ganz überraschend bei mir, als wäre nichts geschehen. Sobald mich sein unverwechselbarer Ruf ereilte, war ich vor freudiger Erwartung und unendlicher Erleichterung ganz aufgeregt. Meine Hände flatterten, während ich eilig meinen Rucksack packte und mir ein paar bequeme Sachen anzog.

Viele Fragen schossen mir durch den Kopf und sogar Zweifel, ob es richtig war, dem Ruf so bereitwillig zu folgen. Aber der Drang in meinem Innern, der von unendlicher Liebe und Sehnsucht genährt wurde, war stärker als jeder vernünftige Gedanke.

Also fand ich mich schon einige Minuten später auf dem verwunschenen Grundstück hinter der Friedhofskapelle wieder. Der wilde Garten wirkte märchenhaft. Viele Blumen hatten ihn für sich erobert und sogar die Heckenrosen blühten bereits atemberaubend, wie ein schäumender Wasserfall.

Funkel manifestierte sich erst, nachdem ich bereits eine Weile in schweigendem Staunen um mich geblickt hatte. Er verströmte pure Freude und Herzenswärme. Mich erleichterte, dass er mir offensichtlich nicht mehr böse war, falls das überhaupt jemals der Fall gewesen sein sollte. Wie immer begrüßte er mich mit einem freudigen Schnauben und rieb zärtlich seinen Kopf an meiner Schulter.

Natürlich ließ ich mich nicht lange bitten und begann damit, ihn gekonnt zu striegeln. Währenddessen kommunizierten wir in der gewohnten Weise. Ich wagte es nicht eine meiner Fragen zu stellen und teilte ihm nur mit, dass es mir gesundheitlich nicht gut ergangen war.

„Oh, das tut mir leid, Klara! Ich habe dich vielleicht mit diesen anstrengenden Ausflügen etwas überfordert. Wollen wir heute lieber ein wenig am Ort bleiben?", hauchte er in meinen Geist.

„Es geht mir heute wieder ganz gut. Ich hab nur keine Lust auf Ausflüge in die Vergangenheit", antwortete ich wahrheitsgemäß. Um nichts in der Welt wollte ich auf die interessanten Erlebnisse mit meinem Drachenfreund verzichten.

„Eigentlich plante ich, den Planeten mit den ätherischen Lichtwesen zu besuchen, weil es dir bei unserer Stippvisite dort so gut gefallen hatte. Die Wesen haben sich nach deinem Wohlbefinden erkundigt." Er drehte sich geschickt auf die Seite, damit ich auch seinen Bauch mit der Bürste bequem erreichen konnte.

Freude durchströmte mich bei dem Gedanken an die Lichtwesen, die ich als reine Liebe empfunden hatte. Gern wollte ich ihren Planeten mit Funkel näher kennenlernen. So beeilte ich mich, den Liebesdienst mit der Bürste schnell zu beenden, ohne dabei oberflächlich zu sein.

Ich saß kaum auf dem glänzenden Drachen, als er auch schon abhob und über unsere Kleinstadt hinweg flog. Er erklärte mir, dass er nur durch bestimmte für mich unsichtbare Tore auf dem schnellsten Wege zu den fernen Sternen reisen könne.

Ich verstand immer nur Bahnhof, freute mich aber, dass unsere Reise, von einem bestimmten Punkt über den Dächern von Hamburg ausgehend, sehr schnell und für mich ohne Beeinträchtigung vonstatten ging.

Funkel hatte mir bereits erklärt, dass Zeit und Raum Begriffe seien, die nur für uns Menschen diese Bedeutung von Absolutheit besäßen. Insofern kann ich natürlich keine stimmigen Angaben über die bei meinen Abenteuern vergangene Zeit oder die zurückgelegten Entfernungen machen. Ich konnte nur jeweils feststellen, wieviel Zeit bei meiner Rückkehr auf meiner Küchenuhr vergangen war. Und die paar Stunden standen meistens in keinem Verhältnis zu den gewaltigen unvorstellbaren Abenteuern, die ich erlebte.

Wir tauchten schon bald in die zartschillernde Atmosphäre des fremden Planeten ein. Von weitem nahm ich die mir bekannten schlanken hellen Gebäude wahr, die sehr bizarre zerbrechlich anmutende Formen aufwiesen. Es wirkte für mich wie eine Stadt aus verschiedenen gezwirbelten und meisterhaft geschnitzten Elfenbeintürmen. Die Gebäude lagen eingebettet in eine weite Ebene, auf der es blühte und grünte. Die seltsamsten Pflanzen rankten sich um große uralte Bäume, und die sanft gewellten Flächen wogten wie ein Meer von Farben.

Funkel landete behutsam in dem duftenden Blütenmeer. Ich hüpfte behände von seinem Rücken und schwebte beinahe zu Boden, umweht von seidigen Blütenpollen. Einen Moment brauchte ich, um mich der frischen Atmosphäre und der geringen Schwerkraft anzupassen, dann genoss ich diese bezaubernde Umgebung.

Der Duft der leuchtenden Blütenstauden war betörend, ja, fast berauschend. Von einem überwältigenden Glücksgefühl übermannt, drehte ich mich jauchzend im Kreise. Ich hatte das Empfinden, mit etwas mehr an Geschwindigkeit in diese zarte Atmosphäre abheben zu können, um, ganz ohne meinen Freund, über die märchenhafte Stadt zu fliegen.

Aber das Empfangskomitee der Lichtwesen bewegte sich bereits schwebend auf uns zu, so dass ich mit einem seltsamen Schlenker von meinem Vorhaben Abstand nahm, das Fliegen auszuprobieren.

Drei elfengleiche Wesen, gekleidet in hauchzarte in allen Farben des Regenbogens schillernde bodenlange Gewänder, geleiteten uns, nach einer förmlichen Begrüßung, ins Innere der Stadt. Sie verströmten soviel Freundlichkeit und Wärme, dass ich mich sofort außerordentlich wohlfühlte. Auch Funkel konnte ich anmerken, wie angenehm ihm der Aufenthalt auf diesem Planeten war. Er bewegte seinen mächtigen Körper mit entspannter Vorsicht durch die gepflegten Wege der kunstvollen Metropole.

Es gab hier keinerlei Stadttore oder Türen in den Gebäuden. Alles wurde durch Lichtschranken oder besser gesagt, Schutzschilde aus Licht, gesichert. Ich verstand das System nicht, aber die freundlichen Demonstrationen waren sehr eindrucksvoll. Niemand konnte diese unsichtbaren Barrieren durchdringen, der den Lichtwesen nicht willkommen war. Selbst der starke Drache schaffte das nicht ohne ihre Erlaubnis.

Wir wurden in einen prächtigen Innenhof geleitet, in dem ein Brunnen aus funkelndem Kristall mit seiner Fontäne die Luft angenehm befeuchtete und ein dezentes Plätschern verbreitete. Es standen große eindrucksvolle Pflanzen in zierlich gestalteten weißen Kübeln rings um den Hof. Dazwischen warteten wunderschöne weißgekleidete Wesen auf unser Erscheinen. Ich wusste von meinem letzten Besuch, dass dies die Bediensteten waren. Sie lasen den Gästen und ihrer Herrschaft jeden Wunsch aus den Gedanken ab.

In der Mitte des Platzes waren um eine gewaltige Kristallamphore Liegen aufgebaut, um sich zu entspannen und zu stärken. Da die Gespräche mehr ein wortloser Gedankenaustausch, wie zwischen mir und Funkel, waren, musste man sich nicht an einem Tisch mit Stühlen gegenüber sitzen. Mir war das sehr angenehm. Für den Drachen hatten unsere Gastgeber einen dicken gewebten Teppich ausgebreitet. Und er legte sich sofort gemütlich nieder.

Sein Schuppenkleid glänzte der Umgebung angemessen, dank meiner fachmännischen Bearbeitung. Ich war wirklich stolz auf meinen mächtigen Freund und machte es mir auf einer Liege direkt an seiner Seite bequem. Den kitschigen Rucksack verstaute ich etwas verlegen auf dem Boden zwischen uns, wo er wie ich hoffte nicht besonders auffiel.

Sofort erklang in meinem Kopf eine sanfte meditative Musik, und mehrere anmutige Dienerwesen stellten Kristallschalen mit vielen verschiedenen Früchten in unsere Reichweite. Ich fragte kurz bei Funkel an, ob er mir davon abriet, etwas zu probieren. Aber als er mir grünes Licht gab, naschte ich mich fröhlich durch die unbekannte Auswahl von Götterfrüchten, wie ich sie insgeheim nannte.

Die farbenfrohen und saftigen Leckereien ließen mich wahre Geschmacksexplosionen erleben, und ich gab mich völlig unbeschwert dem Genuss hin. Auch Funkel kostete von einigen Früchten und wirkte äußerst zufrieden. Neben der leisen Hintergrundmusik hörte ich nichts, außer meinem eigenen unvermeidlichen leisen Schmatzen.

Schließlich wurde mir eine Schale mit Wasser gereicht und ein Tuch aus einem so zarten Gewebe, wie ich es noch nie gesehen hatte. Dennoch trocknete es meine Hände wunderbar und hinterließ ein angenehm frisches Gefühl auf der Haut. Ich hätte einiges darum gegeben, ein solches Tuch zu besitzen, wusste aber genau, dass es mir streng verboten war, Dinge aus fernen Welten mitzunehmen. Das gehörte zu unseren Abmachungen, die ich auch strikt befolgte, da ich den Sinn dahinter verstand und außerdem höllische Angst vor neuen Komplikationen hatte.

13.

Dann betraten sieben von den unvergleichlichen Lichtwesen den Innenhof. Sie schienen den Boden nicht zu berühren, als sie zu den Liegen schwebten, um sich elegant darauf niederzulassen. Ich fragte mich, ob es Männer oder Frauen waren, da ich keinen Unterschied in den Erscheinungen wahrnehmen konnte. Vielleicht gab es aber eine derartige Geschlechterzuordnung auch bei dieser Wesenheit nicht.

Mir wurde, seit ich ständig mit Funkel unterwegs war, allmählich bewusst, wie groß und vielfältig dieses unser Universum war. Gottes Schöpfung erschien so unermesslich und atemberaubend in ihrer Schönheit und Kreativität, dass mir das Herz davon überlief und die unzureichenden Worte, welche mir zur Verfügung standen, oft auf den Lippen erstarben.

Als die Lichtwesen sich elfengleich auf die Liegen drapiert hatten, erschienen die weißgekleideten Dienerwesen und reichten uns allen lange Glasröhrchen, die in die große Amphore aus Kristall in der Mitte des Platzes mündeten. Ich nahm das einem Trinkhalm ähnliche Rohr entgegen. Es fühlte sich an wie Glas, war aber biegsam und leicht. Funkel wurde von einem der hilfreichen Wesen unterstützt, weil er das Röhrchen nicht greifen konnte.

Alle Anwesenden nahmen ihren Trinkhalm in den Mund und saugten daran. Mir wurde ein gedanklicher Zuspruch gesandt, sodass ich das Wagnis einging, vorsichtig von dem vermeintlichen Getränk zu kosten.

Wie erstaunt war ich, als nichts Flüssiges durch das dünne Rohr in meinen Mund strömte, sondern eine Art Gas. Aus diesen Glashalmen wurde nicht getrunken, sondern geatmet. Ich tat mein bestes, mich nicht zu dumm anzustellen. Es war mir klar, dass sämtliche Wesen, einschließlich meines Drachenfreundes, meine Reaktionen genau beobachteten.

„Fühle die Kraft der reinen Energie!", drang der mentale Ruf durch die Hintergrundmusik an mein inneres Ohr. Und ich spürte, wie mich ein ungeheuerlicher Kraftstrom durchdrang, bis in die entlegensten Winkel meines alten Körpers. Jedes einzelne Härchen auf meiner Haut richtete sich auf, und ich glaube mein Herz pumpte doppelt so schnell, wie gewohnt. Aber es war trotzdem kein so unangenehmes Gefühl, wie man es etwa bei zu hohem Blutdruck empfindet. Nein, es ging mir dabei ausgezeichnet. Ich fühlte mich jung, gesund und voller Kraft, ja geradezu allmächtig.

„Klara, geht es dir gut?", fragte Funkel in meine vor Kreativität explodierende Gedankenwelt hinein.

„Ich habe mich nie besser gefühlt. Vielleicht ist es etwa so, wie unter Drogen…" Ich sah ihn lächelnd an und verdrehte die Augen, während ich die Antwort gedanklich an ihn weiterleitete. Er schnaubte leise. Eine winzige Schwefelwolke erhob sich in die klare Luft und schwebte sofort gen Himmel.

Erschreckt zog das Dienerwesen den Glashalm aus Funkels Maul und trug ihn zum Brunnen zurück. Dann befreite es auch mich von der geballten Energiezufuhr. Mehr hätte ich davon auch wohl nicht ertragen. Die Lichtwesen inhalierten weiter, ohne irgendeine körperliche Reaktion zu zeigen. Ich empfing jedoch nun auf mentalem Wege mehrere Stimmen.

Nachdem ich mich ein bisschen konzentriert und besser eingehört hatte, konnte ich den Sinn der Reden weitgehend aufnehmen. Da derartige Gespräche in Bildern in meinem Gehirn angezeigt wurden, war es bei komplizierten Sachverhalten, und der Kommunikation mit diesen hochentwickelten Wesen, nicht gerade einfach für mich, alles richtig zu verstehen. Aber die Lichtwesen waren freundlich und gütig und voller Liebe für Gottes Schöpfung, daher bemühten sie sich, mir keine unnötigen Schwierigkeiten zu bereiten.

„Dein Planet, die Erde, wie Ihr sie nennt, ist im Sterben begriffen. Die Menschheit muss endlich aus Ihrer Lethargie erwachen und erwachsen werden. Eure Seelen stammen aus den Weiten des gesamten Universums, und eure DNS wurde ursprünglich von den Besten kreiert, die uns Hütern des Lichtes damals zur Verfügung standen. Euer Potential ist gewaltig. Ihr müsst es nur erkennen."

Das Lichtwesen links von mir nickte freundlich mit dem Kopf, wobei das seidige silbrige Haar eine sanfte Schwingbewegung vollführte, dann saugte es gelassen weiter an der Energiesuppe.

„Vor etwa 300000 Jahren eurer Zeitrechnung besuchten euch die Dunklen, die das Licht hassen. Geschickt manipulierten sie eure DNS, um euch ins Vergessen zu stürzen und für ihre Zwecke auszunutzen. Sie gaben euch schreckliche

Gottheiten, die nur Krieg und Elend über den Planeten brachten. Eure negativen Gefühle, wie Gier, Hass, Wut, Angst und Schmerz, versorgen die Dunklen mit Energie und nähren sie."

Eines der Lichtwesen senkte sanft seine Augenlider und schillernde Tränen rollten, wie glänzende Perlen, ganz langsam über die ätherischen Wangen. Sofort eilte ein dienstbarer Geist herbei, um die Tränen in einer silbernen Schale aufzufangen. Es entstanden dabei kleine melodisch nachhallende Klickgeräusche.

„Auch die Dunklen sind Geschöpfe des Allmächtigen. Sein Universum ist ein Raum der Freiheit und Kreativität. Hier soll alles möglich sein. Doch wir Hüter des Lichtes wünschen uns nichts mehr, als eine Schöpfung aus Licht und Liebe, deshalb kämpfen wir dafür und suchen ständig im gesamten Universum nach Gleichgesinnten." Ein anderes Lichtwesen hob freundlich seine edle Hand und winkte mir zu.

Funkel rutschte ein wenig verlegen, wie es mir schien, auf seinem bequemen Lager herum. Ein Dienerwesen erschien mit einem dieser weichen Tücher und polierte ihm sanft den Rücken. Sofort lauschte er wieder ruhig dem Gespräch.

Ich hingegen war sehr verwirrt. Es wurden da Dinge vor mir ausgebreitet, die ich so noch nie gehört hatte und eigentlich auch nicht richtig glauben mochte. Wurde ich vielleicht doch allmählich verrückt?

„Sicher bist du nun etwas überfordert von diesen Wahrheiten, die wir so unvermittelt vor dir ausbreiten", drang es wieder durch meine Gedanken. „Du bist aber nicht der einzige Mensch, dem wir diese Wahrheit vermitteln. Es gibt viele von euch, die langsam begreifen, dass ein Umdenken stattfinden muss.

Eure wunderschöne Erde sollte ein Zentrum für Licht und Liebe sein, so wie es einmal geplant war. Ihr müsst euch aus der Dunkelheit und Unwissenheit befreien, die bösen Götter aus den Köpfen und Herzen verbannen, damit sich eure ursprüngliche DNS wieder entfalten und durchsetzen kann. Erinnert euch, wer Ihr wirklich seid! Nur solange die Unwissenheit bestehen bleibt, und die negativen Gefühle vorherrschen, haben die Dunklen eine sprudelnde Energiequelle in euch zur Verfügung. Mit positiven Gefühlen stärkt Ihr die Wesen des Lichtes."

Ich versuchte Blickkontakt zu dem Wesen herzustellen, das zu mir gesprochen hatte, deshalb schaute ich forschend in die Runde der freundlich teilnahmslos nuckelnden Gastgeber. Da erhob sich eines von ihnen und schwebte auf mich zu. Je näher es kam, um so mehr spürte ich die positive Energie, die von ihm ausging. Ich wurde umhüllt von Licht und Liebe in einer Fülle, die ich nie für möglich gehalten hätte und auch kaum ertragen konnte.

Bei der nun folgenden zärtlichen Umarmung wurde ich tatsächlich ohnmächtig. Ich fühlte wie ich meinen Körper verließ, für einen Moment nach oben schwebte und die ganze Szenerie von dort aus betrachtete.

Die Lichtwesen erhoben sich aufgeregt und umringten Funkel und mich. Dann eilten sofort einige Dienerwesen herbei, fächelten mir Luft zu und bearbeiteten mich mit einem unbekannten Apparat, der bunte Lichtblitze aussandte, die sich in zarten Wirbeln auslösten. Damit berührten sie nacheinander meine Füße, meinen Unterleib, meinen Solarplexus, mein Herz, meinen Kehlkopf, meine Stirn zwischen den Augen und meinen Scheitel. Da wurde ich plötzlich in meinen Körper zurückgesogen und schlug mit einiger Anstrengung die Augen auf.

Funkel stand sehr besorgt neben mir und stupste mich mit seinem weichen Maul an.

„Klara, meine Liebste, du hast uns erschreckt! Geht es dir gut?"

„Alles in Ordnung, es geht schon wieder", stammelte ich, und meine kraftlose Stimme dröhnte ungewohnt in meinen Ohren.

Darum wechselte ich schnell wieder in die mentale Kommunikation: „Es ist alles etwas viel für eine alte Frau wie mich. Ich glaube mein Körper ist der Energiefülle nicht gewachsen." Ich versuchte ein Lächeln. Die Lichtwesen blieben in einiger Entfernung stehen, um mich nicht mit ihrer geballten Kraft zu beeinträchtigen, und nickten mir freundlich zu.

„Ich glaube, es ist besser, wenn Klara und ich uns jetzt verabschieden. Wir danken euch herzlich für eure Gastfreundschaft und die gutgemeinten Ratschläge", ließen sich Funkels Gedanken vernehmen, und er verneigte sich achtungsvoll vor den Hütern des Lichtes.

Auch ich erhob mich, etwas wacklig auf den Beinen, und froh, dass die Anziehungskraft dieses Planeten mir gut gesonnen war und mich nicht gleich zu Boden zog. Dann verneigte auch ich mich, so gut es eben ging, und kletterte auf den Rücken meines starken Freundes, um den freundlichen aber auch sehr irritierenden Ort zu verlassen.

14.

Ehe ich mich versah, kreisten wir schon wieder über Hamburg. Ich beobachtete wie die großen Pötte auf der Elbe, die von oben wie Spielzeugboote wirkten, träge dahintrieben.

Heimat – Erde! Klang es in meinem Inneren. Und Wärme durchströmte meinen Körper.

„Können wir nicht ein wenig über Norddeutschland kreisen? Es ist so herrliches Wetter. Ich würde gern die Gegend noch ein bisschen aus der Vogelperspektive bestaunen", bat ich meinen Drachenfreund.

Der schnaubte gutmütig und ging ein bisschen tiefer hinunter, damit ich alles gut sehen konnte, dann flog er in großen Kreisen über Norddeutschland mit all seinen wundervollen Städtchen, die mit ihren roten Dächern wie die Landschaft einer Spielzeugeisenbahn wirkten, und den beeindruckenden Wasserflächen, die im Sonnenschein schillerten. Ich nahm all die Schönheit in mich auf, als wäre es das erste und letzte Mal, dass ich dies alles sah.

Während ich ganz entspannt auf seinem Rücken saß, begann Funkel plötzlich mit mir zu kommunizieren. Die Bilder und Farben flossen angenehm träge durch meinen erschöpften Geist, so als singe mir die Mutter ein Schlaflied.

„Meine liebe Klara, du hast heute von Dingen erfahren, die dich tief verunsichert haben. Das war eigentlich nicht meine Absicht. Ich bin nur ein neutraler Botschafter zwischen den Welten im Universum. Ich ergreife weder Partei für die Dunkelheit noch für das Licht. Beides ist von Urschöpfer erschaffen und hat seinen Sinn. Wir Drachen wurden vor langer Zeit von allen Wesen im All zu Vermittlern gewählt, weil sie uns am ehesten eine größtmögliche Neutralität zutrauen."

„Das erstaunt mich nun aber. Ich habe dich eindeutig auf der Seite der Lichtwesen gesehen", unterbrach ich seinen säuselnden Monolog, um bei dem sanften Schaukeln und nach der emotionalen Anstrengung, nicht entkräftet einzunicken.

„Die meisten Echsenwesen gehören zu den Dunklen und ernähren sich von negativer Energie. Sie haben uns deshalb akzeptiert, weil wir ihnen verwandte Geschöpfe sind. Die Lichtwesen

schätzen hingegen unsere ausgesprochene Fried-
fertigkeit und Toleranz. Es gehört außerdem zu
unseren hervorragenden Eigenschaften, dass wir
sehr intelligent, anpassungsfähig und diploma-
tisch sind." Ich fühlte den Stolz auf seine Spezies,
der die Informationen begleitete.

„Diplomatie war mir noch nie ganz geheuer",
murmelte ich.

„Ohne Diplomatie kommen wir nirgendwo weiter. Aber jede Spezies muss im Ernstfall auch, für
die Selbstverwirklichung und das Überleben ihrer
Planeten und ihrer speziellen DNS, zu kämpfen
bereit sein. Wir Drachen sind notfalls totbrin-
gende Krieger." Er stieß mehrere Schwefelwölkchen aus, die, um seine Worte scheinbar Lügen
zu strafen, lustig im Blau des Himmels dahin
schaukelten.

„Warum hast du gewartet, bis ich all diese Dinge
von den Lichtwesen erfuhr, wenn du dich doch
so gut darin auskennst?", warf ich ihm vor, weil
mich die Vorstellung von Kampf und Krieg ganz
traurig machte.

„Die Erde ist kein hochentwickelter Planet, und
ihr Menschen seid schon viele Jahrtausende
Sklaven der Dunklen, die die Wahrheit vor euch
verbergen, um euch zu manipulieren und auszu-

beuten. Die Lichtwesen haben in letzter Zeit wieder Kontakt zu euch aufgenommen, damit ihr eure wahre Stärke im Gefüge des Universums erinnert und eure wichtige Aufgabe, als Träger und Vermittler von Informationen, wieder erfüllen könnt.

Weil also beide Seiten großes Interesse an der Erde haben, darf ich hier eigentlich nur neutraler Beobachter sein und nicht in das Geschehen eingreifen. Meine Schwestern haben mich gewarnt, wenn du dich erinnerst", raunte er nun etwas demütiger.

Er hatte einen Fehler gemacht!

„Es tut mir leid, wenn ich dich an der ordnungsgemäßen Erfüllung deiner Aufgaben gehindert habe. Aber warum hast du dich mir überhaupt zu erkennen gegeben?" Die Frage hatte mir schon so lange im Magen gelegen, dass ich nun froh war, sie endlich stellen zu können.

„Deine Verzweiflung sandte ein so gewaltiges dunkles Energiebündel genau auf mich zu, dass ich nicht widerstehen konnte, die Quelle zu finden. Und dann? - Und dann war es Liebe, wie ihr Menschen es nennen würdet." Er drehte seinen langen Hals, so dass sein Maul ganz zärtlich meine Schulter berührte. Ich streichelte über seine warmen Nüstern.

„Ja, Liebe, das ist es bei mir auch geworden, wenngleich ich bei deinem ersten Anblick große Furcht empfunden hatte", flüsterte ich während wir in einem Schwarm von Möwen über die Nordsee flogen und mir die Bilder unserer ersten Begegnung vor Augen traten.

Ich erinnerte mich, dass ich voller Wut und Frustration, wie eine Verrückte, über das Meer gebrüllt hatte. Irgendwann war jedoch meine Kraft erlahmt und all die negative Energie im Wind verpufft. Als ich, verstört über diesen gewaltigen Gefühlsausbruch, langsam wieder meine Gesichtszüge entspannt und die Augen geöffnet hatte, war mein erster Blick auf einen am Himmel kreisenden Drachen gefallen.

Erschrocken hatte ich in die Helle des sonnigen Morgens geblinzelt und gedacht, ich erläge einer Halluzination, infolge eines Nervenzusammenbruchs.

Doch alles Blinzeln hatte das märchenhafte Bild nicht zum Verschwinden gebracht. Vielmehr setzte das Fabelwesen damals zur Landung an und hatte in mir damit zunächst Grauen und Entsetzen heraufbeschworen.

Erst als Funkel in meine Nähe kam, hatte ich die liebevolle Energie zu spüren bekommen, die von ihm ausging. Da war er mir plötzlich wie ein entzückendes riesenhaftes Kuscheltier erschienen, und ich hatte meine zitternden Schritte fast zwanghaft auf ihn zu gelenkt, um ihn zu berühren.

Es war der Beginn einer tiefen liebevollen Freundschaft und für mich der Start in ein völlig neues Leben gewesen, obwohl mir das alles erst nach und nach bewusst geworden war.

„Klara, wir sind gleich bei deiner Wohnung. Oder möchtest du noch nicht nach Hause? Ich denke, es wäre an der Zeit, dass du dich etwas regenerierst", sehr träge trieben Funkels Wortbilder durch mein müdes Gehirn.

Ich nickte nur, ließ mich bereitwillig von meinem Freund beim Rucksack packen und im Schlafzimmer absetzen. Geschickt zog er seinen langen Hals wieder aus dem offenen Fenster zurück und war mit einem kurzen herzlichen Abschiedsgruß aus meinen Augen verschwunden.

In meinem Herzen war er natürlich immer zugegen, und auch mental konnte ich ihn jederzeit erreichen, wenn ich wollte.

131

Ich wollte aber jetzt erst mal nicht.

Die Erschöpfung übermannte mich urplötzlich. So kam ich nur noch dazu, das Fenster zu schließen, den Rucksack und die Kleidung auf den Boden zu werfen und mich in mein Bett zu kuscheln. Dann weiß ich nichts mehr, bis der Wecker mich am nächsten Morgen unsanft aus dem Schlaf riss.

Unwirsch schlug ich nach dem Radaubruder und beförderte ihn mitsamt dem Foto meines lieben Verstorbenen auf den Fußboden. Der Wecker zeigte sich davon unbeeindruckt und lärmte fröhlich weiter. Es half also nichts, ich musste mich erheben.

Glücklicherweise war auch der Bilderrahmen noch unbeschädigt. Mein Mann lächelte mich freundlich an, so als wolle er mir für den neuen Tag Mut zu sprechen. Ich dankte ihm mit einem gehauchten Kuss und stellte ihn vorsichtig wieder auf den Nachttisch zurück.

Du hast ja glücklicherweise keine Ahnung, was ich so treibe, dachte ich ungeheuer erleichtert.

Während ich meine Morgentoilette erledigte und im Anschluss ein gemütliches Frühstück zelebrierte, stiegen die Gedanken an mein letztes

Abenteuer in mir auf. Die Verwirrung über das Erlebte, und vor allem die vielen seltsamen Informationen, ergriff mich.

Konnte es sein, dass es sich um die Wahrheit über unsere Erde handelte? Ich hatte eigentlich nie an das Gerede über Außerirdische geglaubt. Natürlich war ich, durch meine Erlebnisse mit Funkel, eines besseren belehrt worden. Aber war es möglich, dass wir Menschen sozusagen von dunklen Mächten gemolken wurden, wie Vieh?

Waren die vielen Katastrophen und kriegerischen Auseinandersetzungen, vielleicht sogar die Hungersnöte in manchen Gegenden der Welt, Teil eines gewaltigen miesen Plans von Wesen, die nach unserer Angst gierten und sich davon trefflich ernährten?

Wie viel Energie aus Angst, Trauer und Verzweiflung hatten sie mir wohl im Laufe der Zeit abgesaugt und sich daran gelabt? Ich schüttelte mich vor Ekel bei dieser Vorstellung. Ich kam mir vor, wie in einem Horrorfilm. Was konnte ich tun?

Positive Gedanken könnten vielleicht etwas bewirken, wie meine Psychologin mir immer wieder erklärt hatte. Ich stellte mir die Situation bei den Lichtwesen auf ihrem wunderschönen Planeten vor, um die negative Stimmung zu verscheuchen.

Und siehe da, ich konnte diese Wesen mental erreichen! Sie sandten mir Licht als Energiestrahl, der meinen Körper vom Kopf bis zum Solarplexus durchdrang, dann dort austrat, um mich schützend zu umhüllen, wie ein Küken im Ei.

Wärme, Liebe und Kraft durchfluteten mich. Und plötzlich fühlte ich keinerlei Angst mehr, sondern konnte den Tag mit Freude in Angriff nehmen.

15.

„Oh, Klara, nun hätte ich Sie fast nicht wiedererkannt", staunte meine Psychologin, als ich sie, nach einigen Monaten Pause, wieder einmal konsultierte. Ich hatte mehrere Termine unter fadenscheinigen Ausreden abgesagt, und mir war nun nichts mehr eingefallen, womit ich mein Nichterscheinen einigermaßen plausibel entschuldigen konnte.

„Ja, mir geht es sehr gut, Frau Doktor", erklärte ich lächelnd, während ich mich auf den üblichen Platz ihr gegenüber niederließ und meine neue Frisur verlegen ordnete. Die schlanke edel und trotzdem schlicht gekleidete Frau war einen Augenblick damit beschäftigt, meine Krankenkassenkarte einzulesen.

So wanderte mein Blick durch den geschmackvoll eingerichteten und dezent gestrichenen Raum, den ich so gut kannte. Auf dem kleinen Tisch lagen wie immer Block und Stifte, sowie zwei Pakete Papiertaschentücher. Ich hatte hier schon manche Träne vergossen. Und die seltsam verbogene Figur auf dem einzigen Bild, das an der

Wand hing, hatte mich dabei neugierig von oben beäugt.

Vor dem Fenster stand eine mächtige Eiche, die in diesen hellen Sommertagen konsequent das Licht daran hinderte, in den Raum zu dringen. Nur einige Blätter zeigten sich hier und da in helleren Grünschattierungen, als der leichte Wind sie an den dunklen Zweigen zittern ließ.

Wenn ich es bisher nicht bemerkt hätte, in diesem Umfeld wurde mir mit aller Deutlichkeit klar, dass ich eine Andere geworden war!

Meine Psychologin zeigte sich sichtlich erfreut von meiner äußerlichen und innerlichen Wandlung. Sie befragte mich ausführlich zu meinem momentanen Tagesablauf und meinem psychischen Befinden. Ich war etwas unsicher, weil ich ihr nicht, wie gewohnt, die Wahrheit sagen konnte. Vielleicht bemerkte sie als Ärztin mit jahrelanger Erfahrung und als geschulte Beobachterin, dass ich hier und da flunkerte? Wenn, wusste sie es aber gut zu verbergen. Unser Gespräch verlief angenehm vertrauensvoll wie immer.

Sie nahm mir ab, das meine Veränderung überwiegend auf die bessere Wohnsituation sowie die neuen Kontakte und Aktivitäten im Altenwohnzentrum zurückzuführen wären. Was sollte ich sie auch anderes glauben lassen? Die Wahrheit war so grotesk, dass sie mich ohne große Umwege direkt ins Irrenhaus befördert hätte, davon war ich fest überzeugt. Und das war der einzige Faktor, der mich bei diesem Termin ein wenig verunsicherte und leicht ins Schwitzen brachte.

Als die fünfundvierzig Minuten vorbei waren, und die kleine Uhr auf dem Tisch das Ende der Sitzung signalisierte, erhob ich mich erleichtert und beeilte mich den Raum so schnell wie möglich zu verlassen. Ich hatte der Ärztin glaubwürdig versichert, dass ich die Therapie vorläufig abbrechen könnte, da mit mir alles wieder in bester Ordnung war. Sie hatte zwar etwas kritisch geschaut, aber gegen den Willen der Patientin gab's ja ohnehin nichts zu therapieren!

So hatte ich nun ein großes Problem weniger und schlenderte entspannt durch die Fußgängerzone. Als ich beim Bäcker einen Kaffee trank, wozu ich mir ein leckeres Stück frischen Butterkuchen genehmigte, kam mir Herr Halberstett wieder in den Sinn.

Der gute Mann hatte mich doch so eindringlich in sein Atelier eingeladen, dass ich einfach nicht widerstehen konnte. Also raffte ich mich am

Nachmittag auf, um ihm einen Überraschungsbesuch abzustatten.

Sicherlich hätte ich auch vorher anrufen können, denn seine Telefonnummer stand, in wundervoll geschwungenen Zahlen, auf seiner eindrucksvollen Visitenkarte, aber ich fand nicht den Mut dazu. Falls er nicht da war, wollte ich nur kurz durchs Fenster lauern, und mich unbemerkt wieder davon schleichen, als ob ich nie dort gewesen wäre. Insgeheim hoffte ein Teil von mir, dass er keine Zeit für mich hätte.

Aber es kam vollkommen anders, wie so vieles in meinem neuen Leben.

16.

Um zu der Adresse zu gelangen, musste ich einen kleinen Spaziergang durch die Stadt machen. Zuerst wählte ich den Weg quer über den Friedhof, der an unsere Wohnanlage grenzte. Irgendwie fand ich das von Anfang an höchst makaber, dass die alten Leute hier, gleich neben dem Friedhof, auf ihren Tod warteten. Das war mit ein Grund für mich gewesen, dieses Altenzentrum aus tiefstem Herzen zu verabscheuen.

Seit ich hier lebte, hatte sich meine Einstellung aber etwas verändert. Ich schätzte die sehr gepflegte und einfühlsam angelegte Grünfläche, mit altem Baumbestand, für lange meditative Spaziergänge. Die Grabsteine erzählten mir viele Geschichten, wenn ich bereit war, sie genau zu betrachten und ihre Inschriften nach menschlichen Schicksalen zu durchforsten. Die liebevoll bepflanzten und mit kleinen Erinnerungsstücken oder Geschenken dekorierten Gräber erweckten längst verloren geglaubte Gefühle in mir. Nach einem solchen Spaziergang unter den knorrigen mächtigen Bäumen, kehrte ich stets sehr ausgeglichen nach Hause zurück.

Also genoss ich es auch diesmal, über die Anlage zu schlendern und so den Fußmarsch durch die Straßen etwas abzukürzen. Ich war ungefähr zwanzig Minuten unterwegs, als ich in die ruhige Allee einbog, die beidseits mit großen Bäumen bepflanzt war und kaum von Durchgangsverkehr belastet wurde. Die Wurzeln der Bäume hatten hier und da die Pflasterung des Gehsteiges aufgebrochen, so dass ich vorsichtig einen Fuß vor den anderen setzen musste, um nicht zu stolpern. Sogar der Straßenbelag war an einigen Stellen aufgeworfen, weil die Wurzeln sich, rücksichtslos gegenüber menschlichen Bedürfnissen, ihren eigenen Weg bahnten.

Das große alte Haus lag am Ende der Straße. Danach breiteten sich nur noch weite Wiesen und Felder aus. Es handelte sich um einen sehr imposanten rot geklinkerten Gulfhof, der vor einiger Zeit stilvoll restauriert worden war und offensichtlich nicht mehr der Tierhaltung diente. Ein stattliches schmiedeeisernes Tor stand einladend offen. Das schlichte schwarzweiße Schild wies auf das Atelier von Herrn Halberstett hin. Es waren aber keinerlei Öffnungszeiten angegeben.

Einen Moment zögerte ich vor dem Eingang, weil mir mein Besuch nun irgendwie als Überfall erschien. Eigentlich hielt ich es für unhöflich, Bekannte ohne Voranmeldung einfach heimzusuchen. Wenn ich ehrlich sein sollte, wäre ich am liebsten gleich wieder umgekehrt.

Da kam blitzartig ein Golden Retriever hinter dem Haus hervor geschossen. Voller Schrecken starrte ich auf das Tier und wagte nicht, mich vor oder zurück zu bewegen.

Aber der Hund hielt überraschend zwei Meter vor mir inne und setzte sich abwartend hin. Dann erschien auch schon Herr Halberstett auf der Bildfläche. Er winkte mir lächelnd zu. Als er den Hund erreichte, tätschelte er liebevoll seinen Hals und gab ihm ein Leckerli aus seiner Kitteltasche. Daraufhin verzog sich das Tier wieder hinter das Haus.

Herr Halberstett kam nun direkt auf mich zu. Er wischte sich beide Hände an seinem Malerkittel ab, der von sämtlichen Farben, die der Künstler jemals benutzt hatte, zu strotzen schien.

„Oh, gnädige Frau, welche Ehre! Ich kann Ihnen eigentlich nicht die Hand reichen, weil ich mitten in der Arbeit bin." Er streckte mir aber dennoch seine Hand entgegen, und ich ergriff sie schnell,

141

um von meiner Verwirrung abzulenken und schüttelte sie kräftig.

„Nennen Sie mich doch bitte Klara, Herr Halberstett. Dieses dauernde ‚gnädige Frau' bringt mich noch ganz durcheinander", verlangte ich mutig.

Während er mich ins Haus geleitete, bedankte er sich herzlich für meinen Vorschlag und erwiderte: „Dann müssen Sie aber bitte auch einfach Bert zu mir sagen, Klara! Klara - ein sehr schöner Name!", stellte er für mich eine Spur zu verklärt fest.

Ich wusste ja bereits, dass sein Vorname eigentlich Adalbert lautete und zeigte mich nun meinerseits einigermaßen erfreut, dass ich ihn nicht so nennen musste. *Bert* war kurz und wirkte genauso bodenständig wie er, wenn man mal von seiner künstlerischen Ader absah. Vielleicht war aber das gewisse Schillern genau richtig, um den Mann für mich interessant zu machen.

Noch immer in seltsame Gedanken versunken, stand ich unvermittelt in der ans Haus angebauten ehemaligen Scheune und kam aus dem Staunen nicht heraus. Ich hatte schon eine gute Vorstellung davon, wie diese großen Gulfhöfe gebaut waren, weil es noch einige in unserer Ge-

gend gab, und sie auch hier und da zu Heimat-
museen ausgebaut worden waren oder zu gemütlichen Cafés und Gaststätten umfunktioniert.

Diese Scheune jedoch schien kaum verändert
aber sehr sorgfältig restauriert worden zu sein.
Der Boden war mit den typischen roten Klinkern
ausgelegt und das Ständerwerk überall sichtbar.
Nichts wirkte hier baufällig oder marode. Es gab
nur klare Linien und offene Räume.

Die Malwerkstatt ging direkt in die Kunstausstel-
lung über. Zahllose verschieden große Werke
hingen, über den gesamten Raum verteilt, auf
schlichten Stellwänden. Ein mehrere Meter großes Gemälde schwebte an vier Seilen von der
Balkendecke, so dass der Betrachter den Kopf in
den Nacken legen musste, um es in seiner ganzen Schönheit zu bewundern.

Ich konnte nicht anders, als in Ehrfurcht die Bilder anzustaunen. Das Deckengemälde zeigte
zwei miteinander kämpfende Drachen. Der eine
war schwarz mit furchterregendem Blick und
einem roten Zackenschweif. Der andere hätte
ein Verwandter von Funkel sein können und das
nicht nur wegen seiner blaugrünen Färbung,
sondern auch weil er als der offensichtlich Unter-
legene dargestellt wurde.

Wer zu lieb ist, verliert, dachte ich kurz.

Dann lenkte Bert meine Aufmerksamkeit auf eine Gruppe anderer Drachenbilder, die ich für ihre lebensechte Wiedergabe der Wesen nur bewundern konnte. Obwohl sein Malstil nicht unbedingt naiv zu nennen war, vielmehr enthielt er viele abstrakte Anflüge, wirkten die Drachen für mich lebendig.

„Sie haben eine rege Fantasie, wie ich sehe", tastete ich mich langsam zu ihm vor.

„Na, da stehe ich Ihnen wohl in nichts nach, wenn ich mal an die kleine Tonplastik erinnern darf", antwortete er keck und schien mich dann vorsichtig zu belauern.

Ich musste lachen, weil ich an den kleinen Ringkampf dachte, den wir uns bei unserer ersten Begegnung geliefert hatten.

Dann sah ich ihn aber sehr ernst an, um die Tragweite meiner Aussage zu unterstreichen und erklärte: „Bert, Sie müssen wissen, ich liebe Drachen über alles. Sie sind sozusagen meine Lieblingstiere." Schließlich wagte ich aber doch ein kokettes Lächeln, damit die Geschichte nicht zu viel Ernsthaftigkeit erhielt. Ich konnte ja nicht wissen, was ihn dazu trieb diese Drachenbilder zu malen. Deshalb wollte ich seine Erklärung erst einmal abwarten, bevor ich was Dummes oder für mich Gefährliches sagte.

„Ja, verstehe ich gut. Mir geht es ähnlich. Seit ich mich als Junge von neun Jahren zum ersten Mal in diese Viecher verguckt hab, ließen sie mich nicht mehr los." Er schüttelte den Kopf und wirkte dabei etwas verzweifelt. Was ich nicht einzuordnen vermochte.

Und überraschend empfing ich zahlreiche Bilder von Drachen, die spielerisch über den blauen Himmel tobten oder einander zwischen hohen Gräsern hinterher jagten. Dann ritt ein kleiner Junge mit einem blonden Lockenkopf stolz auf einem silbrig glänzenden Drachen, der einen gleißenden Feuerstrahl ausspie.

Bevor ich meiner Verwirrung Herr werden konnte, sandte ich intuitiv meinerseits Informationen über meine erste Begegnung mit Funkel aus.

Da sah Bert entsetzt in meine Augen und stotterte plötzlich: „Klara… Sie … sind … außergewöhnlich…" Dann ergriff er meine Hand und zog mich hastig mit sich fort.

Wir fanden uns in der gemütlichen Wohnküche wieder, wo er mir freundlich einen Stuhl anbot und sich seinerseits anschickte, Tee zu kochen. Niemand sprach etwas. Ich wollte auch nicht, dass er meine Gedanken las, also summte ich innerlich irgendein Lied, wie in der Endlosschleife eines Anrufbeantworters.

Erst als Bert die Teekanne zum Ziehen auf das Stövchen stellte, fiel mir auf, dass ich ständig den Refrain „Eine neue Liebe ist wie ein neues Leben. Na, na, na, na, na, na", wiederholte.

Nur weil der Hausherr noch einen Teller mit gebuttertem Rosinenbrot zubereitete, sah er mein vor Verlegenheit rot angelaufenes Gesicht nicht. Ich legte zwei große Kandisklumpen in unsere Teetassen, um mich abzulenken. Dann versuchte ich mich vorsichtshalber an einem Kinderlied.

„Sie verwirren mich, meine Liebe", stammelte Bert, während er den Tee in die zierlichen Porzellantassen einschenkte. Sofort begannen die Zuckerstücke leise zu knistern. Ich ergriff die niedliche kleine Schöpfkelle mit Ostfriesenmuster und fügte vorsichtig etwas Sahne zum Tee. Eine kleine weiße Wolke erschien vor dem dunkelbraunen Hintergrund. Das war ostfriesische Gemütlichkeit!

Der Tee und das Rosinenbrot mundeten mir vorzüglich. Wir aßen und tranken vorerst schweigend unseren Gedanken nachhängend.

Bei der dritten Tasse Tee kam ich schließlich auf seine Bilder zu sprechen, um die Verlegenheit aus dem Raum zu vertreiben. Er antwortete mir bereitwillig und fachsimpelte ein wenig. Wobei ich ihm leider nicht immer folgen konnte, da ich kaum Kunstverstand besaß. Er erklärte mir einige Begriffe, nach denen ich fragte, obwohl mir bewusst war, dass ich mir damit eine Blöße gab.

Immer noch besser, als über Drachen zu plaudern, dachte ich verkrampft.

Bert schien das Gespräch zu gefallen. Ich gab ihm ja auch jede Menge Gelegenheit zu brillieren. Schließlich war die Teekanne leer, und ich wollte mich verabschieden. Da bot er mir an, nochmal in die Ausstellung hinüber zu gehen, weil er mir eines seiner Bilder schenken wolle.

Ich war etwas beschämt. Aber weil er nicht locker ließ, wählte ich ein farblich sehr schönes kleineres Gemälde, das einen grünen Drachen vor einem abstrakten Hintergrund zeigte, der mich an eine der fernen Galaxien erinnerte, die ich mit Funkel bereist hatte.

„Ja, Sie haben Geschmack, Klara!", rief er begeistert aus.

„Weil ich Ihre Bilder mag, meinen Sie?" Ich konnte nicht verhindern, in ein ironisches Lachen auszubrechen.

Er wurde tatsächlich rot bis unter die Haarwurzeln und sah mich sehr verstört an. Dann stammelte er: „Klara, ich glaube Sie sind die erste Frau in meinem Leben, bei der ich mich immerzu entschuldigen muss, weil ich den Deppen gebe."

„Schon gut!", meinte ich versöhnlich. „Packen Sie mir das Bild nur ein bisschen ein. Ich bin zu Fuß hier und muss noch fast ne halbe Stunde zurücklaufen."

„Das kommt natürlich gar nicht in Frage! Ich bringe Sie mit dem Auto nach Hause", bestimmte er, und ich konnte und wollte nichts dagegen einwenden.

17.

Das kleine Gemälde bekam einen exponierten Platz in meiner Wohnstube. So hatte ich den Drachen in den Tiefen des Universums ständig vor Augen und freute mich täglich aufs neue an dem Geschenk.

Während Funkel mich wochenlang nicht mit seiner Gegenwart beehrte, nahm ich fleißig an den Aktivitäten im Altenzentrum und besonders ehrgeizig am Töpferkurs teil, um eine kleine Kopie von meiner Tonfigur herzustellen. Damit wollte ich mich bei Bert für das Geschenk revanchieren. Denn ich fühlte mich in seiner Schuld. Und das war etwas, was ich schlecht ertrug.

Bei unserem nächsten Basar hatte ich nicht viel zu verkaufen, weil Funkel mir nicht die Gelegenheit gab, bei den Tibetern neue Waren zu beschaffen. So trieb ich mich eine Zeit lang nichtsnutzig zwischen den Ständen herum. Es gab wahrhaftig viel zu bestaunen. Bewundernswerte Basteleien und Handarbeiten waren von den alten Leuten mit viel Liebe hergestellt worden und wurden hier eigentlich zu Spottpreisen angeboten, die meistens nur so eben den Materialwert deckten.

Unversehens stand ich plötzlich vor Bert, der in seinem Künstleroutfit über seine Geldkassette gebeugt, das Wechselgeld zählte.

„Ach, hallo Bert, hier haben Sie also Ihren Verkaufsstand!", machte ich mich nicht besonders originell bemerkbar. Er nickte mir freundlich zu, zählte aber konzentriert weiter. Das brachte mich etwas in Verlegenheit, weil er mich für gewöhnlich mit großer Aufmerksamkeit behandelt hatte. Und so betrachtete ich besonders intensiv die Gemälde, die er hier zum Verkauf anbot, um mich nicht so entsetzlich überflüssig zu fühlen.

„Ach, meine liebe Klara!" Bert stand mit einem mal hinter mir und legte mir seine Hand freundschaftlich auf die Schulter. Diese unverhoffte Berührung ließ mein Innerstes vibrieren. Mein Herz schlug plötzlich doppelt so schnell und in meinem Kopf wirbelten seltsame Melodien. Er ergriff herzlich meine Rechte und drückte sie zärtlicher, als mir in diesem Augenblick lieb war.

„Klara, verzeihen Sie, dass ich Sie nicht gleich begrüßt habe. Aber beim Geldzählen bin ich etwas ungeübt, deshalb konnte ich nicht unterbrechen." Er entschuldigte sich schon wieder. Das wurde tatsächlich zur Gewohnheit, bemerkte ich am Rande, während meine Hand, hilflos wie ein kleines Vögelchen, in der seinen zitterte und ganz heiß wurde.

„Ich hatte gar nicht mit Ihnen gerechnet, weil Ihre schönen Handarbeiten doch so begehrt sind, dass Sie gewöhnlich kaum zum Luftholen kommen", erklärte er etwas unsicher und bemerkte, dass er noch immer meine Hand umklammerte. Ohne zu zögern führte er eine Verbeugung aus und hauchte mir einen Kuss auf den Handrücken, von dem ich befürchtete, dass er mich in die weichen Knie zwang. Dann ließ er mich los, und ich stand einfach nur zitternd da.

„Dies gefällt mir auch ganz gut. Es ist zwar eine etwas fremdartige Landschaft, aber nicht ohne Reiz", deutete ich nach einer kleinen Unendlichkeit leicht stotternd auf eines seiner Bilder, um von meinem Zustand abzulenken. Hätte ich sie nicht bereits vorher ausgiebig betrachtet, jetzt wäre es mir nicht mehr möglich gewesen. Aber Halberstett schien meine Verstörtheit entweder nicht zu bemerken, oder er ging wie ein Gentleman darüber hinweg.

„Ja, meine Liebe, in der Tat, es ist mir einigermaßen gut gelungen. Nur kaufen die meisten lieber Bilder mit Alpenlandschaft und röhrendem Hirsch." Er lächelte augenzwinkernd und fügte dann hinzu: „Ehrlich gesagt könnte ich von meiner Kunst nicht leben."

„Nun, das müssen Sie ja offensichtlich auch nicht. Und das ist doch schön, wenn man sich wegen des Geldes nicht verbiegen muss." Ich hatte mich wieder etwas gefangen, wenngleich sich in meinem Magen ein Bienenschwarm häuslich einzurichten schien. Und das war nicht nur höchst unangenehm sondern auch vom Verstand her nicht zu erklären.

„Sie verkaufen Ihre tollen Sachen wohl mit besserem Erfolg?", fragte er mich interessiert. „Es sind tibetische Handarbeiten, nicht wahr? Ich war so unverschämt, Sie bei Ihren Kundengesprächen zu belauschen."

Bevor er sich schon wieder entschuldigen konnte, erklärte ich: „Ja, die kleinen Kostbarkeiten gehen weg wie warme Semmeln. Aber ich hab leider länger keinen Nachschub erhalten, so dass ich heute nicht mehr viel anbieten konnte."

„Woher erhalten Sie die Waren? Haben Sie dort Kontakte? Das stelle ich mir problematisch vor.

Ich war nur einmal in der tibetischen Grenzregion. Es sind schwierige politische Verhältnisse." Da waren sie plötzlich die Fragen, die ich so sehr gescheut hatte. Aber Halberstett kannte mich nicht so gut wie mein Sohn, und so konnte ich ohne Sorge flunkern.

„Ja, ich bekomme die Handarbeiten über eine Kontaktperson direkt von tibetischen Nomaden. Und das Geld fließt ohne Abzug zu ihnen zurück. Die armen Menschen benötigen es dringender als ich." Es war ja eigentlich keine Lüge. Nur war meine Kontaktperson ein außerirdischer Drache, was ich niemandem auf die Nase binden würde.

„Und Sie haben diese Nomaden schon besucht?" Seine Frage klang wie eine Feststellung.

Sollte ich mental irgendwelche Bilder von meinen Tibet-Aufenthalten an ihn gesandt haben? Mein Zustand war so labil, dass ich es nicht ausschließen konnte. Hoffentlich war er in der wortlosen Kommunikation nicht allzu geschickt.

„Nein, nein, wie sollte ich einfache alte Frau denn nach Tibet kommen? Ich habe nur Filme gesehen über die Nomaden und ihr armseliges Leben. Es bricht einem das Herz", beeilte ich mich zu versichern. Ich bildete mir nicht ein, zu den begnadeten Schwindlern zu gehören, aber

153

Bert war guten Willens und schien mir zu glauben, weil er es vielleicht einfach wollte.

Bevor er etwas erwidern konnte, denn bei den Worten *einfache alte Frau* hatte er bereits empört die Augenbrauen hochgezogen, trat ein Ehepaar an den Stand und rettete mich vor weiteren Fragen oder Entschuldigungen. Sie verwickelten den Künstler in ein Fachgespräch, und ich machte mich mit kurzem Gruß davon.

In der Cafeteria trank ich einen Becher Kaffee und stopfte hastig ein Stück Torte in mich hinein. Dann packte ich meine Sachen zusammen.

Ich bedauerte, dass ich den kleinen Drachen nicht bei mir hatte, denn er war leider noch nicht vom Brennen zurück. Aber es würde sich bestimmt eine andere Gelegenheit ergeben, Bert das Geschenk zu überreichen, dachte ich zuversichtlich.

18.

Meine Zeit war inzwischen angefüllt mit den verschiedensten Aktivitäten, auch ohne meine Ausflüge mit Funkel, die ich zwar ein bisschen vermisste aber bei weitem nicht mehr mit dieser Intensität, wie in der Anfangszeit unserer Begegnung.

Es gab jetzt so viele neue Kontakte zu Menschen in meinem Umfeld, dass ich mich manchmal nach ein wenig Ruhe sehnte. Selbst wenn ich mich nur kurz auf einen Kaffee in die Bäckerei setzte, musste ich jedes Mal damit rechnen, Bekannte aus meinen Kursen zu treffen.

Viele von ihnen waren älter als ich und ganz bestimmt einsamer. Sie blühten auf, wenn ich ein wenig Muße für ein Schwätzchen hatte. Sobald sie von ihren Wehwehchen erzählten, was natürlich unter älteren Leuten immer ein beliebtes Thema ist, war ich dankbar, dass es mir im Augenblick so gut ging.

Mehrmals traf ich auch auf Bert, als ich in der Stadt unterwegs war. Ich hatte die Vermutung, dass er mir auflauerte, konnte aber mit dem Verstand nicht erklären, wie das wohl gehen sollte, da ich kaum feste Zeiten für meine Einkäufe hatte. Wahrscheinlich handelte es sich einfach um solche seltsamen Zufälle, die sich oft in unserem Leben ereignen und uns manchmal staunen lassen.

Er war jedes Mal sehr liebenswürdig, fragte mich nicht neugierig aus, sondern berichtete von seinen früheren Erlebnissen oder seiner künstlerischen Arbeit. Regelmäßig folgte bei unserem Auseinandergehen eine Einladung in sein Atelier. Ich gewöhnte mich allmählich daran, mit diesem interessanten Mann bekannt zu sein. Und dennoch bereitete er mir permanent starkes Herzklopfen.

Ich hatte meine Hausärztin bei der Vorsorgeuntersuchung gefragt, ob mit meinem Herzen etwas nicht stimmen könne, oder ob ich vielleicht zu hohen Blutdruck habe.

Nachdem sie alle möglichen Untersuchungen gewissenhaft durchgeführt hatte, meinte sie: „Sie sind gesund wie ein junges Reh! Machen Sie sich mal keine Sorgen. Manche Fünfzigjährige würde Sie um diesen gesunden Körper beneiden. Herzklopfen hat jeder von uns mal. Das hängt auch sehr stark mit unseren Emotionen zusammen. In welchem Zusammenhang tritt dieses Herzklopfen denn meistens auf?"

Natürlich war es mir peinlich, ihr die Wahrheit zu sagen, deshalb redete ich mich einfach damit raus, es nicht mehr genau in Erinnerung zu haben.

So etwas verzieh man alten Leuten, das hatte ich bei meinen vielen Flunkereien schon herausgefunden. Und die Ärztin ging schnell darüber hinweg, weil ihre anderen Patienten wie immer bereits warteten.

Soweit das! dachte ich erfreut und beunruhigt zugleich.

Ich wusste ja längst, dass sich mein Körper gut anfühlte, durch das neue aktive Leben, das ich führte. Aber was hatte es mit den starken Gefühlen auf sich, die bei mir nicht nur Herzklopfen auslösten? Es war ein bisschen Angst dabei, das spürte ich. Doch das Flattern im Solarplexus deutete eher auf ein Gefühl wie Verliebtheit hin. Das musste ich mir ehrlich eingestehen.

Konnte ich alte Frau mich noch in einen Mann verlieben?

Mein Verstand rebellierte!

Sicher, für Funkel hatte ich auch große Gefühle, aber er war eben kein Mensch und da hielt ich die Emotionen, die mich so oft seinetwegen geschüttelt hatten, für recht ungefährlich. Unsere Liebe konnte in alle Ewigkeit nur rein platonisch bleiben, wenn sie deshalb auch nicht weniger faszinierend war und bei mir durchaus meistens angenehme körperliche Reaktionen hervorrief.

Bert war so attraktiv, dass es eigentlich kein Wunder war, wenn eine Frau ihn anziehend fand. Vielleicht gab es auch noch andere Damen in seinem Leben?

Meine Gedanken kreisten zu häufig um seine Person. Wie alt mochte er wohl sein? Ich konnte ihn das ja schlecht fragen. Insgeheim hoffte ich sehr, dass er etwas älter wäre als ich. Es war schon schlimm genug, sich in jemanden zu verlieben, aber in einen jüngeren Mann? Das hätte ich dann doch für höchst unmoralisch gehalten.

Und was würden wohl mein Sohn und seine Frau dazu sagen?

Das zweite Exemplar meines kleinen Drachen war inzwischen aus dem Brennofen zurückgekommen. Die anderen Kursteilnehmer beäugten mich seltsam, weil ich ein ziemlich genaues Abbild meiner ersten Skulptur geschaffen hatte. Sicher dachten sie, ich sei ein wenig exzentrisch oder vielleicht sogar verrückt.

„Machen Sie diese Drachen für Ihre Enkel?", fragte meine Sitznachbarin mich dann auch prompt, als die Leiterin das fertige Exemplar, sehr zufrieden mit dem Ergebnis, vor mich hinstellte.

„Ja, beinahe richtig geraten!", entgegnete ich mit einer Euphorie, als habe meine Mitstreiterin den ersten Preis beim Bingo gewonnen und fügte dann erklärend hinzu: „Es ist ein Geschenk für einen guten Bekannten."

Sie beäugte mich und den kleinen Drachen, den meine Hände zärtlich abtasteten, mit einem argwöhnischen Blick und hüllte sich dann demonstrativ in ein beredtes Schweigen.

Nun wartete ich nur noch auf eine passende Gelegenheit, Bert das Tonfigürchen zu überreichen. Bei unseren zufälligen Treffen in der Stadt hatte ich den Drachen ja nicht bei mir. Er hätte in der Einkaufstasche zu leicht kaputtgehen können.

Mir wurde immer klarer, dass ich um einen weiteren Besuch im Kunstatelier nicht herum kommen würde. Mein Herz klopfte deshalb gleichzeitig vor Angst und freudiger Erwartung.

19.

Meine Gedanken rankten sich in diesen Tagen so sehr um Bert, dass ich meinen guten Funkel etwas vernachlässigt hatte. Deshalb plagte mich das schlechte Gewissen, als ich eines Morgens auf seinen unverwechselbaren Ruf hin, zu unserem Treffpunkt eilte.

Wie gewohnt stand der wundervoll beeindruckende Drache im verwilderten Garten hinter der Friedhofskapelle und wartete geduldig auf mich. Es hatte am Morgen leicht geregnet und nun glänzten die Wassertropfen auf allen Pflanzen wie kleine Diamanten. Funkel sandte mir eine mentale Welle von Licht und Liebe, die mich beinahe von den Füßen riss, da ich sowieso in einer sehr sensiblen Stimmung war.

Ich umarmte und streichelte meinen zauberhaften Freund und begrüßte ihn herzlich. Sofort nahm ich die Bürste aus meinem Rucksack und begann mit dem Striegeln. Es war wie eine meditative Tätigkeit, bei der die ganze Welt ausgeblendet wurde und nur noch reine Emotionen zwischen Funkel und mir flossen.

Als ich mein Werk zufrieden betrachtete, während das Spiegeln des Drachenpanzers beinahe meine Augen blendete, empfing ich eine mentale Botschaft von meinem Märchenwesen.

„Ich danke dir, meine geliebte Klara, nicht nur für diesen Liebesdienst, den du mir gerade wieder erwiesen hast. Für all deine Liebe und dein wundervoll positives freundliches Wesen, muss ich dir von Herzen danken. Nie hätte ich diese Erde und ihre Menschen so gut verstehen gelernt, wenn unsere schicksalhafte Begegnung nicht stattgefunden hätte." Er neigte den Kopf zum Boden und zupfte an einem grünen Halm, als seien ihm die mentalen Bilder ausgegangen.

Zärtlich streichelte ich seinen glänzenden Hals und sandte ihm meine Gedanken: „Du schmeichelst einer alten Frau, mein Liebster! Aber was willst du mir eigentlich sagen? Nun hast du dich in der letzten Zeit so rar gemacht, und jetzt fühlt sich alles wie ein Abgesang an. Du machst mir ein wenig Angst damit."

„Hab keine Angst, meine Klara, hab nie wieder Angst! Mit Licht und Liebe kommst du viel, viel weiter. Du wirst entdecken, dass du ein sehr machtvolles Wesen bist, wie alle Menschen auf dieser Erde. Ihr müsst endlich die Augen öffnen für das Wesentliche! Eure Erde ist ein echtes Juweel, und ihr seid alle Brüder und Schwestern. Liebt und achtet euch gegenseitig, wie ihr es alle verdient, und vor allem, schützt eure Erde vor der Zerstörung. Sie ist der ideale Lebensraum für euch und eure Nachkommen."

Er blickte mich traurig an und fuhr dann fort: „Man hat mich zur Strafe, weil ich mich zu stark in eure Belange eingemischt habe, aus dieser Gegend des Universums abgezogen. Es werden andere meine Aufgabe übernehmen. Auf mich warten große Herausforderungen, denen ich mich nicht entziehen kann."

Tränen traten mir in die Augen und mein Kehlkopf verkrampfte sich. Ich hätte keinen Ton herausgebracht, aber mental war ich in der Lage Funkel all meinen Schmerz und meine Trauer zu übermitteln.

Er rieb seinen Kopf liebevoll an meiner Schulter und tröstete mich: „Weine nicht, meine kleine süße Klara! Du hast doch längst verstanden, dass Zeit und Raum im Grunde nicht von Bedeutung sind. Liebe und Licht gelangen ohne Schwierigkeiten überall hin. Wir stehen mental in Verbindung, solange du es willst. Und du kannst auch die Hüter des Lichtes immer erreichen und um Hilfe bitten."

Ich fühlte unmittelbar, dass mich eine Welle von Licht und Liebe durchspülte und all die Trauer mit sich fortreißen wollte. Doch noch war es zu früh. Ich wollte trauern. Ich brauchte jetzt diesen Abschiedschmerz.

„Ihr sagt gern, dass jeder Abschied ein bisschen wie sterben sei. Vielleicht benötigt ihr ja diese Emotionen. Ich kann das nicht wirklich beurteilen. Dieser Planet ist auch deshalb so herausragend, weil hier große Emotionen gelebt werden. Sei dir aber in deiner Trauer um mich bewusst, es gibt keinen Tod, wie ihr ihn euch vorstellt. Alles ist Energie in ständiger Verwandlung und nichts im Universum geht jemals verloren." Er streifte mit seinen weichen warmen Nüstern meine Wange und entmateriealisierte sich im selben Augenblick. Zurück blieb der Hauch eines vertrauten Geruchs nach frischem Gras und Schwefel.

Ich fühlte mich wie betäubt.

Nachdem ich eine Weile nur stumm dort gestanden hatte, während es mir ohne Unterlass wie Sturzbäche über die Wangen lief, bückte ich mich mechanisch, um die Bürste im Rucksack zu verstauen. Das schon ziemlich ramponierte rote Stück war im feuchten Gras etwas klamm geworden, aber das kümmerte mich nicht.

Wie auf meinen unvergesslichen Reisen mit Funkel, hievte ich das lächerliche Werbegeschenk zum letzten Mal, aus purer Gewohnheit unnötig sorgfälltig, auf den Rücken und verließ den zauberhaften Garten. Ich zwang mich dazu, den von Tränen verschleierten Blick nur nach vorn zu richten.

20.

Nach einem total verheulten Tag, träumte ich in der Nacht von Funkel und Bert gleichzeitig. Mit einem wundervollen Gefühl von Liebe und Geborgenheit ritten wir beide auf dem Rücken des Drachen durch die Weiten des Universums. Ich saß vor Bert, und er hielt mich die ganze Zeit mit seinen starken Armen umschlungen. Sein warmer Atem kitzelte mich im Nacken, so dass plötzlich ein helles Lachen aus meinem Innersten explodierte, wovon ich leider sofort erwachte.

Die positive Stimmung des Traums wirkte in mir nach. Meine Mundwinkel waren noch freundlich nach oben gezogen, und meine Augen blitzten hell, als ich mich im Badezimmerspiegel begrüßte. Das Spiegelbild wirkte so übermütig, dass ich nicht wiederstehen konnte, mir spielerisch in die Wange zu kneifen.

Beim Frühstück reifte mein Entschluss, Bert an diesem Tag den kleinen Drachen vorbeizubringen. Es war an der Zeit, mich endlich bei ihm zu revanchieren für all die Freundlichkeit, die er mir immer entgegenbrachte.

Also hübschte ich mich nach dem Mittagessen ein wenig auf. Und es dauerte eine ganze Weile, ehe ich ein passendes freundlich gemustertes Sommerkleid aus meinem neueren Bestand gewählt hatte. Ich zeigte im Spiegel einen beschwingten viel jüngeren Eindruck und war mit mir zufrieden.

Schwieriger gestaltete sich das Verpacken des kleinen widerspenstigen Geschenkes. Ich fand eine Rolle neutrales Geschenkpapier, das ich mal für ein Geburtstagsgeschenk meines Sohnes gekauft hatte, in meinem Kleiderschrank. Aber die Figur folgte naturgemäß keiner Symmetrie und ließ sich daher nur schwer verpacken.

Als ich dachte, dass es mir endlich einigermaßen gelungen wäre, versuchte ich vorsichtig ein farblich passendes Geschenkband drumherum zu wickeln. Da platzte das schöne Papier über den Zacken des Drachenschweifes auf und war ruiniert. Ärgerlich knüllte ich alles zusammen und warf es in den Müll. Dann band ich dem kleinen Drachen nur eine Schleife aus dem Geschenkband um den Hals und steckte ihn zum schonenden Transport in meinen Einkaufsbeutel.

Vorsichtshalber legte ich mir eine leichte Strickjacke um die Schultern, gegen den ostfriesischen Wind, und machte mich mutig auf den Weg.

Diesmal begrüßte mich niemand, als ich das Grundstück betrat. So schlenderte ich leicht irritiert zum Eingang des Ateliers und vermutete schon, dass ich den Weg vergeblich gemacht hätte.

Doch durch die teils verglaste Tür sah ich den Künstler, mit dem Rücken mir zugewandt, bei sehr konzentrierter Arbeit. Die Hündin lag neben der Tür auf ihrer Decke und döste. Sobald ich aber die Türklinke drückte, sprang sie auf und schlug an. Ich blieb abwartend vor dem Türspalt stehen, denn ich wollte keinen erschrecken.

Gerade sah ich noch, dass Bert mit dem Pinsel einen ungelenken Strich über die Leinwand zog, als er sich schon erstaunt zu mir umwandte. Er rief die Hündin zurück, die sofort gehorchte, und so trat ich zögernd ein. Während er seine Hände kurz säuberte und den Pinsel in einen Behälter stellte, konnte ich einen verstohlenen Blick auf das Gemälde werfen, an dem er gerade arbeitete.

Ich erstarrte im selben Moment. Fast dachte ich in einen Spiegel zu blicken. Da stand ein großes

Portrait von mir auf seiner Staffelei und – es wurde nun von einem dunklen Strich von der rechten Augenbraue bis zum Kinn verunstaltet.

Bert beeilte sich ein weißes Tuch über sein Werk in der Entstehung zu hängen. Es war ihm wohl peinlich, dass ich es gesehen hatte, also versuchte ich möglichst unbefangen darüber hinweg zu gehen. Ich nestelte in meiner Einkaufstasche nach dem kleinen Drachen, während Bert mit ausgebreiteten Armen und freundlichen Begrüßungsworten auf mich zu eilte.

Er verbeugte sich höflich, um meine Hand zu küssen. Ich zog gleichzeitig das Geschenk hervor und drosch es ihm im nächsten Moment ungeschickt unter die Nase. Durch die Wucht fiel mir der kleine Funkel aus der Hand und zerschellte mit einem beeindruckenden Knall auf dem roten Klinkerboden.

Wir standen beide für einen Moment total entsetzt da, unfähig uns zu regen. Blut tropfte von Berts Nase auf den Malerkittel. Ich fühlte wie heiße Tränen in meine Augen stiegen und begann hemmungslos zu schluchzen. Die Hündin gesellte sich zu uns und strich abwechselnd um unsere Beine, wobei sie in die Scherben trat und leise winselte.

Sofort nahm Bert sie zur Seite und untersuchte sanft murmelnd ihre Pfoten. Es schien aber alles in Ordnung zu sein, denn er befahl ihr, sich auf die Decke zu legen. Dann trat er wieder zu mir, ergriff meine Jacke, die beinahe zu Boden gefallen wäre und legte mir liebevoll den Arm um die Schultern, während er mit der anderen Hand ein Papiertaschentuch unter seine blutende Nase presste.

Ich konnte mich einfach nicht beruhigen und heulte noch immer, nachdem wir beide schon eine Weile in seiner Stube auf dem Sofa saßen. Sein Nasenbluten hatte aufgehört. Er hatte den Kittel abgelegt, die Scherben vorsichtig zusammengefegt und uns Tee gekocht, jedoch meine ganze Welt schien zerbrochen zu sein.

„Klara, nun nehmen Sie doch wenigstens noch einen Schluck Tee. Der wird ja kalt, und dann schmeckt er nicht mehr." Er reichte mir die zierliche Porzellantasse zum wiederholten Male. Artig nippte ich daran und stellte sie dann vorsichtig wieder ab. Ich wollte schließlich nicht noch mehr Dinge zerschlagen.

Bert redete einfühlsam auf mich ein. Ich saß direkt neben ihm und nahm seinen Duft nach frisch gemähtem Gras, einer Holznote und einer

Spur Terpentin wahr. Da ich mich in Herrendüften nicht auskannte, konnte ich nicht beurteilen, wie die Mischung zustande kam, fühlte mich aber recht wohl damit. Kraftlos sank mein Kopf auf seine Schulter, während er in angenehm ruhigem Ton weitersprach und dabei meine Hand in seiner hielt.

„Es ist sehr schade, dass der kleine Drache nun zerbrochen ist. Er hat Ihnen ja sehr viel bedeutet, Klara. Mir bedeuten meine Drachenbilder auch sehr viel. Die Drachen sind meine Lieblingstiere, wenn man sie überhaupt als Tiere bezeichnen kann. Eigentlich sind sie Wesen aus einer anderen Welt in unserem Universum. Was ich Ihnen jetzt erzähle, habe ich noch niemandem offenbart, aber ich glaube, dass Sie mich verstehen können."

Und dann erzählte er mir seine Geschichte, während unser Tee kalt wurde, und ich vor emotionaler Erschöpfung schläfrig und stumm an seiner Schulter lehnte.

Früh hatte er seine Mutter durch schwere Krankheit verloren und war mit seinem Vater zu Tante und Onkel auf diesen Gulfhof gezogen. Sein Vater gab sich in seinem Kummer dem Al-

kohol hin und verstarb nach einigen Jahren ebenfalls.

Bert war damals neun Jahre alt. Er fühlte sich bei
Onkel und Tante verhältnismäßig gut aufgeho-
ben. Die beiden waren arbeitsam, streng und
gerecht, aber er vermisste die liebevolle Nähe
seiner leiblichen Eltern schmerzlich. So zog er
sich immer mehr in seine eigene kleine Welt zurück und streunte allein durch Wiesen und Felder
oder hockte an Regentagen in seinem Zimmer
über seinen geliebten Büchern.

Tante und Onkel wollten, dass er mehr auf dem
Hof mit anpackte. Sie fanden, seine Spielereien
und das Lesen sei Zeitverschwendung und führe
zu nichts Gutem. Also tat er das Notwendigste,
um großen Streitigkeiten aus dem Wege zu gehen und entfernte sich innerlich immer weiter
von seiner Familie.

Er war ein echter Einzelgänger. In der Schule
hänselten ihn die Kinder, weil er manchmal nach
Kuhstall roch. Außerdem beschimpften sie ihn
zuweilen als Waisenkind, was ihn mehr schmerz-
te, als alles andere. Aber Kinder können auf ihre
Art grausam sein.

In jenen Tagen tauchten die Drachen in seiner
einsamen kleinen Welt auf.

„Wenn ich heute daran zurückdenke, erscheint mir diese Zeit wie ein fantastischer Traum oder ein ungeheuer attraktives Spiel mit dem Unvorstellbaren. Die Drachen nahmen mich mit in ihre Märchenwelt, wo Zeit und Raum an Bedeutung verloren und alles möglich erschien. Ich kam mir etwa so vor wie Alice im Wunderland und doch war alles so real, dass ich es auch heute nicht als wirkliches Traumerlebnis bezeichnen würde. Sie waren meine echten Freunde. Sie kümmerten sich auch um meine Angelegenheiten im wirklichen Leben und um meine körperliche Entwicklung.

Meine Kommunikation mit ihnen erfolgte rein geistig. Es fiel zwischen uns nie ein hörbares Wort. Alles funktionierte über Bilder in meinem Kopf und über explodierende Farbsymphonien. Deshalb bin ich wahrscheinlich auch zu meinem Hobby gekommen."

Er streichelte mir sanft über die Wange.

„Meine Mutter, soweit ich sie noch in Erinnerung habe, war eine sehr schöne temperamentvolle junge Frau. Aber besonders ihre liebevolle Zärtlichkeit ruhte bis heute als ungestillte Sehnsucht in meinem Herzen. Sie, liebe Klara, sind die erste Frau, die diese Sehnsucht erneut entfacht hat."

Er erhob sich vorsichtig, einfühlsam darauf bedacht, meine bequeme Sitzposition nicht abrupt zu stören. Dann ging er zu einem antiken Eichenschrank neben dem Kamin, nahm zwei Weingläser und eine Karaffe mit Rotwein heraus.

„Der Tee ist ohnehin kalt. Da können wir besser ein gutes Glas Wein trinken, wenn es Ihnen recht ist, liebe Freundin", wandte er sich an mich, während er die Gläser auf den Tisch stellte und einschenkte. Ich verhielt mich noch immer etwas wortkarg, weil mein Kehlkopf nach dem vielen Weinen ganz wund war. So murmelte ich nur eine kurze Zustimmung und nickte Bert freundlich zu. Was er berichtet hatte, nahm mich gefangen und berührte mich zutiefst.

Aber in meinem Inneren begann eine kleine Flamme zu glühen, die mit dem Erzählten nicht viel zu tun hatte. Sie wurde nur von seiner physischen Gegenwart und seinen Berührungen genährt, so wie das Klopfen meines Herzens, das Zittern meiner Hände und das Flattern in der Magengegend.

Sehr vorsichtig ergriff ich das Glas mit dem funkelnden Inhalt, prostete ihm zu und ließ einen ersten Schluck langsam über meine Zunge rollen. Es war ein trockener voller Wein. Er hatte wenig

Säure und schmeckte mir ausgezeichnet. Ich vermutete, dass mein Gastgeber ein Weinkenner und dieses Tröpfchen nicht billig gewesen war.

„Lassen Sie mich bitte einen Toast ausbringen, auf die geliebten Drachen und auf unsere schicksalhafte Begegnung, meine Liebe", verkündete er mit sonorer Stimme, erhob sein Glas und lächelte mir zu.

In einem Anflug von Übermut näherte ich mein Glas dem seinen und ließ es leise klirren. Dann hörte ich mich sagen: „Wir kennen uns doch jetzt eine Weile, sollen wir nicht zum Du übergehen, Bert?"

Selten hatte ich soviel Freude mit einer spontanen Bemerkung ausgelöst, wie in diesem unvergesslichen Augenblick. Bert strahlte vor Glück, nahm mich im nächsten Moment in den Arm und drückte mir einen liebevollen Kuss auf die Wange.

„Liebe Klara, du machst mich, seit unserer ersten Begegnung, jeden Tag glücklicher!"

21.

Dieser Besuch, der mit einem furchtbaren Missgeschick begonnen hatte, wurde der Anfang einer tieferen Beziehung zwischen Bert und mir.

Wir trafen uns nun regelmäßig, ohne weiter auf seltsame Zufälle angewiesen zu sein. Ich begleitete ihn auch gern zu seinen verschiedensten Aktivitäten, die sich allesamt um Umwelt- und Naturschutz drehten. Dort hatte ich sehr schnell nette Kontakte geschlossen.

Er breitete, bei unseren intensiven Gesprächen, ohne irgendeine Scheu sein ganzes Leben vor mir aus. Und ich erzählte ihm sogar von meinen wundersamen Erlebnissen mit Funkel. Er war ebenfalls von den Drachen verlassen worden. Jedoch lag das lange zurück, und er hatte seither nicht mehr versucht, mit ihnen in Verbindung zu treten.

Die Pubertät hatte ihn in eine neue und so aufregende Phase seines Lebens geführt, dass die außerirdischen Freunde in den Hintergrund getreten waren. Sein Körper hatte sich damals von dem dünnen unansehnlichen Knaben zu einem starken jungen Mann entwickelt. Er hatte sein Abitur bestanden und den Gulfhof, sehr zum Missfallen von Onkel und Tante, zur Aufnahme eines Studiums verlassen.

Hierher war er erst nach dem Tod seiner Tante zurückgekehrt. Sie hatte ihm das stolze Anwesen vermacht, da ihr eigene Kinder versagt geblieben waren. Die Instandsetzung des Hofes war eine jahrelange Aufgabe gewesen. Und nach seiner Verrentung verlegte er endgültig seinen Wohnort hierher zurück .

In diesem Zusammenhang erfuhr ich nebenbei, dass er fast vier Jahre jünger war als ich, was mir einen kleinen Schock versetzte, ihn aber lediglich zum Lachen brachte.

Meine Aktivitäten mit den Senioren in der Altenwohnanlage wurden auf ein Minimum reduziert. Ich nahm nur noch an der Gymnastik und am Töpferkurs teil. Hier kreierte ich aber erst mal keine Drachen mehr, sondern versuchte mich an vielen Formen und kleinen Skulpturen, die mir eine große Freude bereiteten.

Bert meinte, ich habe ein Händchen für die Töpferei und bot mir an, künftig regelmäßig in seinem Atelier zu arbeiten.

177

„Klara, die Scheune ist so groß, dass ich mich freuen würde, einen Brennofen, eine Töpferscheibe und was sonst noch nötig wäre, anzuschaffen, damit der riesige Raum mit Leben gefüllt wird."

Ich dachte ernsthaft darüber nach, das großzügige Angebot anzunehmen.

Als der Sommer vergangen war, und der Herbst die Blätter färbte, stand Bert eines Nachmittags mit einer Flasche Wein vor meiner Tür. Eigentlich besuchte er mich selten, da ich mich in letzter Zeit lieber in seinem großzügigen Anwesen aufhielt, als in meiner mickrigen Altenwohnung. Aber er hatte darauf bestanden, weil er mir dringend etwas sagen musste.

Natürlich war ich sehr neugierig, was dahinter steckte und entsprechend ein wenig aufgeregt. Ich hatte die Wohnung schön aufgeräumt, Blumen auf den Tisch gestellt und einen Apfelkuchen gebacken. Es duftete einfach umwerfend und war richtig gemütlich.

Als wir beim Tee saßen, konnte ich meine Ungeduld nicht mehr zügeln und fragte ihn rundheraus: „Bert, was gibt es denn nun so wichtiges zu besprechen, das nicht Zeit bis Mittwoch gehabt hätte? Wir treffen uns doch dann sowieso auf der Versammlung der Naturschützer."

Er sah mich mit einem strahlenden Lächeln an, dann zog er, wie ein Zauberer das Kaninchen aus dem Hut, einen bunten Reiseprospekt aus dem Inneren seiner Weste und legte ihn vor mir auf den Tisch.

„Liebe Klara, die kalte Jahreszeit, die uns nun unmittelbar bevorsteht, ist hier in Ostfriesland von der Witterung nicht gerade angenehm. Deshalb bin ich es gewohnt, sie immer irgendwo anders auf der Welt zu verbringen. Und da ich mich nur ungern von dir trennen würde, möchte ich dich zu einer langen vergnüglichen Reise einladen."

Ich schlug vollkommen überrumpelt beide Hände vors Gesicht und hätte mich beinahe an einem Kuchenkrümel verschluckt.

„Du bist mit deinem Drachen ja sehr viel gereist, deshalb denke ich, dass es dir Spaß macht, auch mit mir, etwas von der Welt zu sehen. Natürlich werden wir die Grenzen von Zeit und Raum nicht verlassen können, aber sonst steht es dir frei, zu wählen wohin du willst."

179

Ich fiel ihm begeistert um den Hals und küsste ihn zärtlich. Alles in mir pulsierte vor Glück. Und das schönste daran war, dass ich es mit Bert teilen konnte. Wir verstanden uns blind und passten in jeder Beziehung wunderbar zusammen.

Mit großem Eifer wälzten wir an diesem Tag den Urlaubsprospekt mehrmals durch, während Bert mir von vielen interessanten Orten erzählte, die er im Laufe seines Lebens kennengelernt hatte. Schließlich entschieden wir uns für eine sehr individuelle Weltreise, denn der Winter in Ostfriesland konnte sich zuweilen lange hinziehen.

Bert hatte in verschiedenen Ländern ehemalige Bekannte, die wir in unsere Reise einbinden konnten. Er versprach mir, so schnell wie möglich alle nötigen Kontakte herzustellen und mit der konkreten Planung zu beginnen. Ich ahnte, dass alles so schön wie ein Traum werden würde. Nach Möglichkeit würden wir den Tibetern sogar ihre Dollarnoten vorbeibringen können. Ich war glücklich und mehr als zufrieden.

Da wir die Weinflasche völlig geleert hatten, konnte Bert nicht mehr nach Hause fahren. Zwangsläufig blieb er die Nacht über bei mir. Wir befanden uns in einer solch wundervoll entspannten Stimmung, dass es keinerlei Diskussionen oder eventuelle alternative Überlegungen darüber gab.

In meinem Schlafzimmer stand mir nur das schmale Pflegebett zur Verfügung, deshalb machte ich ihm die breite Schlafcouch in der Stube zurecht. Sie war als Vorsichtsmaßnahme gekauft worden, falls mein Sohn und seine Frau mal bei mir übernachten müssten. Was natürlich nie geschehen war.

Nun wurde das bequeme Notlager von Bert eingeweiht und − ganz spontan - von mir selbst. Denn ich konnte in dieser seltsamen Situation, und in meinem aufgekratzten weinseligen Zustand, unmöglich unter den Augen meines lieben Verstorbenen einschlafen.

Am nächsten Morgen saßen wir beide mit geröteten Wangen beim Frühstück und warfen uns kleine glückliche Blicke zu. Unsere Unterhaltung erfolgte nur mental. Alles geschah in einer Leichtigkeit, als würden wir uns schon viele Jahre kennen und lieben.

Da explodierten die Formen und Farben in unseren Köpfen, in der Erinnerung an unsere wundervolle zärtliche Nacht, dass es jedem Feuerwerk zu großer Ehre gereicht hätte.

Ja, wir sind seither nun wirklich richtig zusammen, Bert und ich.

Detlef hatte sein Versprechen, sich regelmäßig bei mir zu melden, bis jetzt nicht wahr gemacht. Er war also noch immer vollkommen ahnungslos.

Dadurch blieb etwas Muße bis zu unsere Abreise, mir die Worte sorgsam zurechtzulegen, mit denen ich meinem Sohn leider den Schock seines Lebens verpassen würde.

Vielleicht war das ja die Chance zu einer glücklichen familiären Veränderung, die mir endlich Enkelkinder bescheren würde?

Wunder gibt es jederzeit, wenn sie uns begegnen, sollten wir den Mut aufbringen, sie zu leben!

Epilog

Dies ist eine Fantasiegeschichte. Alle Begebenheiten und Personen, auch deren Namen, wurden frei erfunden.

Ähnlichkeiten mit lebenden Menschen wären rein zufällig und sind von der Autorin nicht beabsichtigt.

Danksagung

Ganz herzlich danke ich meinem Mann für die liebevolle Gelassenheit, mit der er mich, während meiner kreativen Schreibphasen, erträgt und unterstützt.

Meiner so herzerfrischenden Mutter, die mir ständig vor Augen führt, mit welcher Freude man auch im Alter jeden Tag leben kann, verdanke ich viele Anregungen zu dieser Geschichte. Außerdem ist sie immer meine erste kritische Leserin.

Marion Scheer

Vielleicht hab ich noch nie geliebt?

Vielleicht hab ich noch nie geliebt.
Vielleicht war alles Schein!
Ich fühlte pure Zärtlichkeit,
so nah kann sonst nichts sein.

Vielleicht hab ich noch nie geliebt.
Vielleicht war es ja Tand!
Nur Schönheit hatte sich gezeigt,
wie aus dem Märchenland.

Vielleicht hab ich noch nie geliebt.
Vielleicht war es ein Wahn!
Der Himmel schien zum Greifen nah,
das warf mich aus der Bahn.

Vielleicht hab ich noch nie geliebt.
Vielleicht war's nur ein Traum!
Ich spürte, wie die Sehnsucht brennt,
die Glut ertrug ich kaum.

Ich weiß nicht, ob es Liebe gibt.
Vielleicht ist alles Trug!
Wenn sanft mein Herz im Innern bebt,
so sei mir das genug.

Marion Scheer (2005)

Weitere in diesem Verlag
erschienene Bücher
von Marion Scheer:

Die Frau des Quacksalbers
(Krimi)
Die Deichhexe
(Krimi)
Hundeverbot
(Krimi)
Von Tieren und Menschen
(Geschichten)